新井一二三

独立
从一个人旅行开始

[日]新井一二三 著

上海译文出版社

目录

流亡者的迷宫——中欧

热带的诱惑——南方

孤独的行星——越南

青春期结束——澳门香港

故乡的月亮——日本

雨林的亲子——冲绳

马沙台风——台湾

序

是的，还是要旅行的

曾经很多年，我花费最多的项目是飞机票。对于其他女孩子着迷的名牌服装、化妆品等，倒一概沾不上边儿。穿着宽松的棉裤子，带着肯尼亚制篮子，买张廉价飞机票走天南地北，那是我的 style。

我二十多岁离乡背井，单枪匹马逍遥世界，手头上总不太宽裕。当年有个日本朋友半同情、半嘲笑地跟我说过：“从没见过像你这么穷的人！”我本人却目瞪口呆，因为一点不觉得自己贫穷。能到国外生活，想念书就念书，要工作就工作，虽然住的是破旧的单间小公寓，但始终不至于挨饿。再说，从没欠过买张飞机票的钱。那可以说是我从小憧憬的理想生活了。为什么别人认为我穷呢？

世界上很多人以为有钱就富裕。旅人一族的价值观念就不一样。旅人最重视自由。那日本朋友拥有事业、房子、汽车、家庭等，是当时的我所没有的样样财产。但他却没有像我那么多的自由。

当然，若是没有钱就很不自由了。但是，为了确保自由，所需要的钱也其实不多。关键在于那一点钱非得是自己的。只要是自己挣来的钱，即使换来的不过是一块肥皂，保证享受到精神上的奢侈。有一年，我在多伦多皇家银行大楼上班，从事不合乎天性的业务，自我感觉近乎坐牢。月底拿到工钱后，我就到地下的西药房去，买了一块芳香润滑黄金色肥皂，乃优质蜂蜜做的，呈着丰满的椭圆形。那块肥皂带来的精神自由，我至今忘不了。

不过，我在皇家银行大楼上班的日子毕竟没维持多久。在高层的办公室隔着玻璃窗看得见美丽如镜的安大略湖，却呼吸不到外边的大气。于是我又一次提交辞呈远走高飞。但也开始深刻思索：如何在做旅人的同时也做到负责任的社会人士？

后来我走的路线相当漫长。从五大湖边，经过圣劳伦斯河边到大西洋，之后又往西飞越北美大陆和太平洋，在亚热带英国殖民地熬了三年半，才回到家乡东京来。这回，身边多了另一半，也有了房子，不久一个又一个孩子都诞生了。我曾经认为：人拥有得越多，越不自由，财产不外是累赘。这回，自己有了家，做起负责任的社会人士来了。那么，旅人身份怎样保持呢？

单身时代、新婚时期到处旅行的多数人，一旦有了孩子就暂停旅行。那可以说是非常理性的选择了。只是我本人对旅行的渴望压倒理性。抱着孩子，背着孩子，推着婴儿车，我都非去旅行不可。但是幼儿到了异乡水土不服就会发烧啦，拉肚子啦，闹脾气啦。我有一次在东马婆罗州密林里，抱着发高烧的小朋友深夜赶车赴过穆斯林医院；也有一次在北京前门饭店的套房里，抱着闹脾气的小朋友白白地耗过整整一个星期；有一次在台北基督教青年会旅社的前台，值班服务生看到我带两个小孩儿走进来的样子，竟然说出了：“这样还要旅行？”是的。这样还要旅行。为什么？只能说：因为我是旅人。

我家的孩子，还没去过东京迪斯尼乐园之前，已拥有第二本护照了。还没吃过麦当劳的汉堡之前，已吃过北京烤鸭、台湾涮涮锅了。小兄妹有什么感想，目前还不得而知。也许等他们长大开始自己去旅行以后，有一天我们会讨论吧。在我看来，能够一个人旅行是独立人格的标志。而旅人生涯会带来的自由，远远超过一块蜂蜜肥皂。

往世界飞跃

启程

“an non 族”和“螃蟹族”

> 我自己是十四岁开始去单独旅行的。有些男孩开始得更早，还在小学时代先骑自行车去邻近县份的青年之家投宿一夜。总之，大家都越走越远。

有一次在香港，我跟几个日本朋友聊聊天。大家年龄差不多，均是一九六〇年代初出生，在海外待过许多年的资深浪子。谈起平生第一次的单独旅行，几乎每人都说是中学时代，拿到日本青年之家（Youth Hostel）协会的会员证，买了国铁（当年的日本国有铁道）周游券，去了为期几天的小旅行。

那是一九七〇年代中期，日本全国正兴起一场个人旅行热潮的年代。每个火车站里都贴着国铁跟广告公司电通合作进行的推销活动“Discover Japan”的彩色大海报。上面介绍的是萩市、津和野、仓敷、金泽等所谓“小京都”，还有古老街道的驿站村镇如妻笼宿、马笼宿等。总的来说，是有历史、有文化、有美食，却从没成为商业性观光区的小地方。

推销活动针对的是年纪二十出头的女大学生和女职员。

一九七〇年，以年轻女性为读者对象的时尚杂志《an-an》创刊，翌年《non. no》也跟上了。两份杂志，除了时装以外，还都推出了生活方式，包括饮食和旅行。彩页上每期刊登，两个女性一起坐火车到稍微偏僻但充满魅力的小地方，下榻于民宿，走路去附近卖传统手工艺品的小商店，在家族经营的饭馆尝尝当地风味的报导。她们提着藤编的旅行箱，戴着系了丝带的大草帽，穿着睡衣般宽松的棉布长袍和平底鞋。转眼之间，日本各地的“小京都”和老驿站村镇都拥来了大量的年轻女孩，都打扮得一模一样，而且全带着《an-an》和《non. no》。媒体把她们称为“an non 族”。

年轻男孩也不甘寂寞。从东京开往北海道的长途夜车，挤满了以男大学生为主的“螃蟹族”。他们均背着大背包，乃宽度有八十厘米的横宽形，无法走过车厢里座位和座位中间的信道，只好全身回转九十度，像螃蟹一样横行走路，成了“螃蟹族”这名称的起因。鼓励“螃蟹族”去长途旅行的是，作为“Discover Japan”推销活动的一环节，国铁新出售的“Wide 周游券”。买了这种票，旅客能够在特定的范围内自由上下车无限次，特别符合年轻人的自助旅行。尤其是“北海道 Wide 周游券”有效期限最长：二十天。当时的男大学生们，一到暑假就先打几个星期工赚一笔钱，然后购买周游券，背起大背包，搭上开往北海道的夜车。

年轻男女的旅游热，也相对促进了全国旅游产业的发达。

在各地给他们提供住宿的青年之家，一九五一年在日本成立了全国协会。协会直接经营的第一家宿舍，一九五五年开张于北海道支笏湖。到了高峰期的一九七四年，日本全国共有了五百八十七个青年之家；年轻人无论想去哪里，只要跟青年之家联系，一定有廉价而安全的住宿，方便极了。果然，当年的会员总数达到六十万之多。

女性的“an non族”和男性的“螃蟹族”，基本上都属于一九四〇年代末出生的婴儿潮世代。一九六〇年代末的学运火热年代过后，一九七〇年代初，他们往各地寻找自我去了。当时日圆的国际兑换率不高，只有考取了奖学金的极少数精英分子才能够出国去海外。对普通学生来说，买张国铁周游券去北海道二十天，既是实际可行，又是能够满足青年冒险心理的一项活动。而有不少人，确实在旅途上遇到了危险。

我一个亲戚，是母亲的表弟，当年在明治大学商学系念书。有一年夏天，他跟几个同学一块去北海道旅行。他们属于学校的登山队，在北海道各地爬高山做野营，下山以后住在青年之家，中间往往有好几天都不能洗澡。于是在山区看到有公共温泉设施，马上高高兴兴地要进去洗一洗。有一天，他们又在什么地方发现了一间温泉木屋，周围没有人，里面也没有灯，完全黑漆漆的，只能感觉到温泉的蒸汽滚滚冒上来。他们之中的一个人先进去就不见了。其他人搞不明白是怎么回事，找手电筒往里面照，原来里头有个洞，下面是热水涌出来的源泉。果然，那朋友不小心掉了下去。后来，大家拼命把他拉上来，叫救护车送到医院去，但是全身的烫伤过于严重，最后还是丧了命。就这样，本来很快乐的暑假旅行一下子变成了地狱一般可怕的一场悲剧。

一九六〇年代初出生的我们一代，从小常看到“Discover Japan”的海报，也直接间接地听到周围哥哥、姐姐们的冒险经历，恨不得快点长大自己也去旅行——心中有这种愿望的孩子相当多。日本各地都有些少男少女，每年存着压岁钱悄悄准备将来的旅行费用，也索取青年之家的会员证申请书，同时翻着铁路时刻表研究各种周游券，等待真能远走高飞的一天。我自己是十四岁开始去单独旅行的。有些男孩开始得更早，还在小学时代先骑自行车去邻近县份的青年之家投宿一夜。总之，大家都越走越远。二十年后在香港邂逅时，回顾着早年经验，彼此夸耀说：当时收集的青年之家图章总共有多少个，盖满了多少本手册等。然后大家不约而同地说：是的，差不多走遍了日本的青年之家，我们是往世界飞跃的。

十四岁的初次旅行

> 现在回想，我的旅人生涯就是那天站在“绿色窗口”前时开始的。因为旅行的本质就在于克服恐惧心，离开熟悉安全的日常生活，而往陌生的世界迈出第一步。

我小时候家里已经有私家车，每到周末父亲就开车带全家去离东京几十公里的游览区，如：箱根温泉、江之岛、三浦半岛等。大家玩得挺开心——除了我以外。不知为何，家里只有我一个人特别会晕车，坐进车里闻到了汽油味就觉得不行了。所以，每次郊游，对我来说，痛苦跟乐趣一样大。也许就是这个缘故，我从来没梦想过长大以后自己开车去远处。正相反，长大以后自己坐长途火车去旅行，才是我多年来的梦想。

当年我很喜欢看电视旅行节目《想去远处》，是作为国铁“Discover Japan”推销活动的一环节，一九七〇年十月开始的，如今还在继续，已播放过差不多两千次。在节目里，填词人永六辅一个人坐火车去全国各地，访问名胜古迹，也跟当地居民亲切来往。他的目的地一般都是少有人去的小地方，渔村或山村等。总之，风景纯净，民情朴素，特别会激起城里人的乡愁。永六辅自己填词并唱的主题歌《想去远处》，歌词和旋律都相当多情感伤。“想走走陌生的小镇，想去远处什么地方。想看看陌生的大海，想去远处什么地方。遥远的小镇，遥远的大海，遥远的梦想，独自旅行。想遇见相爱的对象，想去远处什么地方。”我相信，那节目对国铁的营业额，贡献应该不小。

也有个电视节目，叫做《兼高熏的世界旅行》，是会说几种外语的女记者兼高熏每个星期去海外各地旅行做的报导。她一会儿去菲律宾会见当时的马科斯总统夫妇，一会儿去北欧访问当地民家，跟居民一起过传统节日。那是由泛美航空公司（后来由斯堪的纳维亚航空公司）赞助的节目。在当年的日本，兼高熏是人人皆知的著名人物，因为全日本只有她一个人能够那么自由自在地去世界各国旅游。节目从一九五九年开始，持续到一九九〇年为止。最初芳龄三十一的兼高熏，最后是六十二岁的人了。前后三十年，总共播放了一千五百八十六集；主持人旅行的全程则达到七百二十一万公里，等于把地球绕了一百八十圈。

《想去远处》和《兼高熏的世界旅行》都是当时的我每周一定要看的节目。不过，兼高熏般的世界旅行，在一九七〇年代的日本小孩看来，与其说是现实，倒不如说是天方夜谭里的故事。相比之下，永六辅式的国内长途旅行，只要再年长几岁，自己也应该能够去的。我父母在孩子们的教育方面属于放任主义。我想做的事情，只要不给父母带来太多麻烦，他们是不会加以阻止的。

十四岁的夏天，我有了第一次独自坐长途火车的机会。那年，父母为一对新人做了媒，而那新娘是长野县山区出生的。在东京办完婚礼后，新娘双亲邀请我们全家人去长野县度假几天，父母欣然接受了。只是那年我读初中三年级，为了准备翌年的高中入学考试，早就安排好了暑假里参加补习学校的一些课程。我跟父母商量后决定：大家先坐父亲开的车出发，我则上完补习班后一个人搭中央本线快车往长野县，在目的地火车站跟家人会合。

长野县有十九世纪末欧洲传教士开发的避暑区，常常在少女杂志上被介绍。白桦湖、女神湖、清里、美丽原等地名，简直就是西方童话里出现的神秘场所，充满着醉人的各种想象。我非常高兴自己能够跟《an-an》《non. no》等时尚杂志的模特儿一样坐长途火车去浪漫的长野县。

从东京新宿火车站坐中央本线快车“梓号”往长野县，大约是三个钟头的旅程，需要事先订座位。当年我父母去外地总是开车，对铁路事务完全陌生，到底在哪里买票都不大清楚。日本国铁的大规模火车站设有所谓“绿色窗口”，乃跟一般窗口分开，专门为长途旅客服务，由当时的我们看来跟航空公司柜台一样难以接近。放任主义的父母不愿意参与女儿的独自旅行，我只好一个人处理订票事宜了。于是到家附近唯一设置“绿色窗口”的高田马场站，平生第一次前往那神秘的柜台，好紧张地跟售票员说了旅行的日程和列车班次等。心中着实担心：如果人家说出我听不懂的语言可怎么办？结果呢，一切进行得出乎意料地顺利。售票员讲的果然是普通的日语。我根本没有遇到任何困难，竟把看起来高贵无比的绿色对号票拿到手里了。

现在回想，我的旅人生涯就是那天站在“绿色窗口”前时开始的。因为旅行的本质就在于克服恐惧心，离开熟悉安全的日常生活，而往陌生的世界迈出第一步。相比之下，三个多钟头的旅行本身留下的印象并不深刻。我只记得自己穿上跟《non. no》的模特儿一样的睡衣般宽松的长袍，戴上系了丝带的大草帽，也提着藤编的旅行箱搭快车，在四人座中靠窗户的地方占了位子。其他旅客问我是否一个人旅行，要到哪里等，可是我回答得不多，主要忙于扮演杂志彩页上模特儿的角色。不过，实际上我还是挺紧张的，不知不觉之间开始打瞌睡，醒过来时发觉，自己的口水湿透了长袍的大腿部分。在陌生人面前出丑，怪不好意思的。

火车很快就抵达了长野县。我在剪票处跟家人会合，乘坐父亲开的车，马上得面对晕车的痛苦了。模仿杂志彩页的时间维持得不长，在我梦里简直飞逝过去，感觉也其实不怎么过瘾。最令我难忘的，倒是早几天鼓着勇气一个人前往高田马场火车站的“绿色窗口”，平生第一次向专门为长途旅客服务的售票员开口买票时心中感到的紧张，和后来拿到对号票而感到的满足。就是那成就感教我对独自旅行上了瘾的。

山口百惠鼓励“好日，起程！”

经过第一次的独自旅行，我似乎获得了另一个身份似的，是不同于平时的我，家人、同学们都不认识的另一个自己。那感觉非常新鲜，特别过瘾。

高中一年级的十月，学校放一个星期的秋假，我决定趁机去为期几天的独自旅行。目的地是日本海边的古都金泽市以及邻近的能登半岛。我在日本东南部太平洋岸上的东京长大，之前从没看过西北部日本海，对夕阳西沉的大海很有兴趣。另外，金泽是我当年崇拜的作家五木宽之曾居住过的地方。他在小说、散文里多次提到过那可爱的小镇。他夫人是金泽大学毕业的医生，夫妻俩年轻时常在金泽大学的校园里边散步边聊天。小说家丈夫和医生妻子，从酷爱文学的高中女学生看来，是理想浪漫的搭配。

出发之前，我先办好日本青年之家协会的会员证。然后，打开协会发行的小册子，确认了金泽和能登半岛有几个青年之家。从邮局买来几张往返明信片，我给那几家写订房信。过几天，开始收到一张又一张的回信，都由房东亲笔写着“祝你旅游安全，我们等待你”，让人感到好温暖。就那样，我成功地跟几个青年之家联系，订到了多人房里的一张床位。一九七七年，连传真机都还没普及的年代，更不用说网络了。预订住房主要靠往返明信片，从寄出去至收到回信有时需要长达两个星期。我体会到：心中稍微不安地等待，也是独自旅行的滋味之一。

至于交通方式，我从铁路时刻表上刊登的数据得知，国铁出售的“北陆Wide周游券”允许旅客到金泽、能登一带后，在一个星期内自由上下车无限次。当年在东京—金泽之间，有叫“能登号”的夜快车通行，晚上九点多钟离开东京上野站，翌日早晨抵达金泽。

虽说我是勇敢无惧的少女，但是对第一次的独自周游还是感到有点紧张。尤其是一个人乘坐夜车，到底是安全，还是危险，自己搞不清楚。于是出发日的几天前，我特地去晚上的上野火车站，“能登号”出发的月台，观察乘客们的样子，目送夜车开走，心里有点踏实了。

那晚在家吃完晚饭后，我带着红色棉布做的大旅行袋往上野站出发了。穿的是上下连身的牛仔裤，胸前有个口袋，我把怀表和钱包都藏在那口袋里了，免得在熟睡时被坏人偷走。坐夜车去旅行，是我童年时代在东京万世桥的交通博物馆，坐在展览车厢时心里产生的梦想。过十年，终于实现了。想象起令人紧张的冒险，实际上做起来倒相当简单。反正我年轻健康，整夜坐车都一点也不觉得累。“能登号”有卧铺，但是需要另外出钱买票，由穷学生看来是奢侈，也不必要。

第二天早上到了金泽。我去名胜兼六园参观，在干净美丽的草坪中间躺下来仰看蓝天时，全身感到了彻底解放。独自在陌生的城市，没人认识我。完全自由！世界终于属于我了。然后到金泽大学校园走一走，也去五木宽之在散文里讲到的咖啡厅坐一坐，还去封建时代的花街柳巷逛一逛，到贯彻市内的犀川边溜达溜达，嘴里念着金泽出身的诗人室生犀星写的一首诗：“故乡是身在远处想念的地方，也是以悲哀的心情赋诗的对象，即使沦落为异乡的乞丐，绝不是回去的地方。”他是幼年时候被父母遗弃的。

在青年之家投宿的，很多是大学生，还有年轻上班族。一般是男男，或女女女，两三个人的小组占多数。还有一些单独旅行的中年男女；他们很安静，希望跟年轻游客保持距离的样子。我是十五岁的高中生，在同屋房客当中最为年轻。不过，远离学校，其实十五岁和十八岁的区别并不很大。大学生姐姐们早晨化妆，我不化妆，区别也就只有那么一点点。

日本青年之家的房间，当年（一九七〇年代末）主要是男女分开的多人房，似乎没有单人房、双人房或家庭房等。一些青年之家，房间里设有几套双层床。另外也有一些设计犹如传统的日本旅馆，客房全是铺满了榻榻米的和式房间，到了晚上房客自己从柜子里拉出被褥来，套上床单后躺下来睡的。我虽说是独自旅行，每天早晚都跟同屋房客聊聊天，在餐厅里一起吃饭，从不觉得寂寞。而且当时的日本青年之家，房东用英文自称为parents，也就是房客双亲。工作人员一般是资深会员，常客出身的，感觉犹如一家人。晚饭结束后，每晚都举行联欢会，大家一起唱唱歌呀，玩游戏呀，吵吵闹闹到熄灯时间。

离开了金泽以后，我坐车去能登半岛，在小镇七尾、轮岛游览。早上逛农贸市场选购带回东京的礼品；下午租自行车去附近的农村访问当地民家，买票参观几百年流传下来的古董陶瓷、漆器等；傍晚在夕阳西下的海岸上，面对着海风，一个人拉开嗓门唱唱歌。就那样，为期一周的独自旅行，很快就结束了。

隔一个星期回去的东京，跟之前没有两样。可我自己，从此再也不是同一个人了。经过第一次的独自旅行，我似乎获得了另一个身份似的，是不同于平时的我，家人、同学们都不认识的另一个自己。那感觉非常新鲜，特别过瘾。于是一回到东京，我马上开始计划下一次的旅行了。年底年初，学校有放假；可是，天气会太冷，而且对日本人来说，元旦是一年里最重要的节日，还是非得在家过不可吧。那么，下一次的旅行，要等到第二年三月底的春假了。去哪里好呢？

十六岁于国宝犬山城（爱知县）
高中一年级和二年级之间的春假。

高中生去旅游，只能趁学校假期。而且手头上的钱有限，只好在国铁设定的周游券范围内，住在廉价并包两餐的青年之家。尽管如此，我还是觉得自己获得了很大的自由。

快上高中二年级的春假，我买了张“名古屋·岐阜迷你周游券”，往名古屋、岐阜、犬山（国宝城堡）等地，去了第二次的独自旅行。那年暑假拿到的“东北 Wide 周游券”，则有十天的有效期，让我能够去仙台（青叶城堡）、平泉（中尊寺金色堂）、盛冈，还有青森县下北半岛的灵地恐山山地。

甚至，我和在那里的青年之家认识的一批来自大阪的大学生们一块坐渡轮到北海道函馆去，吃到了特别新鲜的生鱿鱼丝。真好吃，真好玩！回到东京，马上想的自然是下一趟旅行了。那年秋假，有个女同学也想去旅行，于是两个人一起去了滋贺县琵琶湖（日本最大的湖泊），结果我觉得还是没有独自旅行自由。于是快上高中三年级的春假，我又是一个人购买有效期十天的“山阴 Wide 周游券”，先从东京搭夜车往西到京都，然后换坐山阴本线往北至日本海，泡泡城崎温泉、爬爬鸟取沙丘、参观古都松江穴道湖、参拜追溯到神话时代的出云大社，也观光山口县的“小京都”萩市。

到了高三，日本学生一般都集中精神为第二年的大学入学考试做准备。可是，我偏偏忘不了独自旅游的快感。夏天又一次拿到“东北 Wide 周游券”，这次走了前一年没能去的东北地区西部：角馆、田泽湖、弘前、津轻半岛，也乘坐了海浪冲上铁路轨道的五能线。在东北地区的偏僻渔村，当地人说话的口音特别重，用的词汇也跟东京人不一样，我往往听不懂别人在说什么，只好含糊地点点头，或歪歪头。八月中旬，我想到东京的同学们应该都把自己关在图书馆里埋头学习，忽然焦急起来，跳上了开往东京的长途列车。

就那样，我高中时期的单独旅行告了一段落。虽说全在日本国内，也基本上没有离开本州岛，但是所走过的总距离还是不下几千公里吧。当时我没打工，去旅行用的钱全来自

十六岁于函馆（北海道）
高中二年级的暑假，去青森县下北半岛旅行，跟在当地的青年旅社认识的大阪大学生（三个男生）和单独旅行的两个女生（大学生和无业者）一起坐船去北海道待了一天。

每年正月父母和亲戚们给的压岁钱。好在当年物价不贵，只要有四五万日圆，买张周游券，在青年之家住宿并吃两顿饭，玩一个多星期是蛮轻松的。

我们都是时代的孩子，以为自己选择做的事情，其实往往由特定的时代环境造成的。例如我当时每次旅游都利用的日本国铁周游券，在我读高中的一九七〇代末，发行种类最为丰富。到了八〇年代，国铁因亏损而进行民营化，慢慢取消了折扣率高的周游券。还有当时的社会气氛。一九七八年谷村新司为大红星山口百惠写的《好日，起程》（いい日、旅立ち）一首歌，成为国铁“Discover Japan”那年推销活动的主题歌，在日本全国特别流行，共卖了八十九万张唱片。她用稍微寂寞似的声音唱道：“啊，日本某处有人在等待我。好日，启程，为了寻找幸福，曾在母亲背上听过的歌做我的旅伴。”也就是说，一九七〇年代末是日本铁路旅行的黄金时期。在那样一个时代环境里，浪漫伤感的文学少女如我，如何能不起程呢？

竹子窗帘面条之路

中国

第一次出国的机会

一九八二年，我第一次出国的机会来临了。目的地是意想不到的中国。更没想到的是，再过两年，我将开始前往大陆各地背着背包天南地北单独旅行。

我从小向往远走高飞，想一个人自由自在地闯世界。初中时候爱看的书，有很多以日本人在海外的经验为背景，例如：五木宽之写东欧、苏联的《索非亚之秋》《再见，莫斯科阿飞》，森村桂写新克里多尼亚的《离天堂最近的岛屿》《志愿留学》，连大学教授写的《西班牙语入门》也能够点燃我的外国梦。但实际上，当年在我周围几乎没有人去过海外。

战后将近二十年，日本政府都禁止国民去海外旅行，因为国家外汇有限。一九六三年解禁以后，一个人能带出去的外汇限于五百美金，除非海外有人提供资金，连短时间的旅游也不可能。所以，在那年代有出国经验的日本人属于极少数的精英分子或者极少数的幸运儿。

一九三二年出生的作家小田实属于前者。他二十五岁在东京大学念研究所的时候，考上美国的 Fulbright 奖学金去哈佛留学，顺便背着背包，到加拿大、墨西哥、西欧、中东、印度等总共二十二个国家走走，回国后一九六一年问世的游记《什么都要看》成了长期畅销书。一九三五年出生的指挥家小泽征尔则属于后者。他二十三岁时，从神户港坐货船出发，经过菲律宾、新加坡、印度、非洲、苏伊士运河、希腊、意大利等地，花二十三天到达了法国马赛；然后，骑着富士重工公司为了宣传免费借给他的小型摩托车，名副其实地闯世界；到欧洲各地报名的指挥比赛连续得奖；两年半后当上纽约交响乐团副指挥，参加赴日演出衣锦还乡。他一九六二年发表的《我的世界音乐练武》至今在日本拥有无数读者。

到了一九七〇年代，受到经济高速发展的影响，参加旅游团去夏威夷、欧洲观光的日本人迅速多了起来。跟前一段时间不同，这回只要有钱谁都可以出国。当时由于田中角荣首相提出的日本列岛改造计划，农村地价提高，各地出现了百万富翁，他们参加农协主办的旅游团，跟导游一起观光世界名胜古迹。不懂西方礼节的东方农民忽然登上国际舞台，当然处处出丑；据传说，他们为了防盗，常把钱包藏在裤子里，在国外商店买东西的时候要当众解开腰带把手放进里面，吓坏了售货员，甚至被报警处理，总之出尽洋相。“农协旅游团”至今在日本是没文化暴发户游客的代名词，也代表在西方人眼里的丑陋日本人。当然，跟团去海外的不仅是农民。据一项调查，一九七七年结婚的日本新人有三分之一到海外度蜜月去了，最多人去的是关岛，其次则是夏威夷。

尽管如此，到了一九八〇年，我家人亲戚中还没有一个人去过海外。同学里，倒已经出现了一些人暑假去美国参加一个月的英语进修班，并在当地家庭住几天，增加国际知识、提高沟通能力等。我一九八一年考上早稻田大学的时候，母亲答应送我一样东西当作纪念奖品，我研究了旅行社推出的“纽约自由旅行一个星期”的方案，是提供来回的机票和住宿的，价钱三十七万日圆。但是，十九岁的我勇气不够，最后没有去纽约。至于奖品，则请母亲买了日本近代文学馆仿制的名作初版本全集。

未料，一九八二年，我第一次出国的机会来临了。目的地是意想不到的中国。更没想到的是，再过两年，我将开始前往大陆各地，背着背包天南地北单独旅行。

一水之隔

一九七〇年代，若有日本人去了中国大陆，绝对是参加什么代表团被邀请去的。一水之隔的中国，感觉上却比欧美还遥远。不过，就是因为遥远，不少日本年轻人更加憧憬中国。

虽然我从小梦想单枪匹马闯世界，但是从来没想到自己有一天会去中国自由旅行，因为我的小学、中学时代，中国正处于“文革”时期，“竹子窗帘”（the Bamboo Curtain）闻名于世。直到一九七〇年代，若有日本人去了中国大陆，绝对是参加什么代表团被邀请去的。一水之隔的中国，感觉上却比欧美还遥远。

不过，就是因为遥远，不少日本年轻人更加憧憬中国。有一本书叫做《旅行的技术：亚洲篇》，一九七六年在东京出版，内容是四个日本大学生单独去亚洲各地旅游的报导。其中一篇是东京大学中文系的研究生，从横滨坐苏联籍船舶贝加尔湖号，花五天四夜去香港，在罗湖边境远望大陆的纪录。一九七〇年代价钱平民化的海外游只限于团体旅行，个人旅行仍旧相当昂贵，因为廉价机票还没普及到日本来。

对当时的年轻人来说，船舶往往是离开岛国唯一的交通工具。那位研究生是一九五二年出生，大我十岁的藤井省三，一九七九年作为最早期的日本留华（大陆）学生之一到上海复旦大学念书，后来成为著名的中国文学家，任教于东京大学。

我自己一九八一年上早稻田大学开始学中文，也到位于饭田桥的日中学院上夜校，一周三次。当时在日籍老师里，去过中国的人还不多。有位老师陪同旅游团去新疆乌鲁木齐，赢得了全校师生的羡慕。

记得有一晚课间休息的时候，有个同学谈起山口文宪写的《香港：旅游的杂学手札——出街、街坊、享受》一书，我也马上买来津津有味地看，后来藏书多年。一九七九年问世的那本书，是无业日本青年山口在一九七〇年代初住在香港一年的记录，充满着香港平民生活的气息。他属于“团块世代”（日本战后的婴儿潮一代），一九六〇年代末的全球性学运挫折后离开日本，在巴黎漂泊一年，回国的路上偶然停留在香港，被东方之珠迷住的。《香港：旅游的杂学手札》印象最深刻的部分，是作者请一个当地小姐打开书包，把里面的私人物品全部拿出来摆在地上拍照。图片中竟有避孕套，对日本读者的冲击可大了，因为保守政治家掌权的日本当时还没有解禁这魔法药。山口在书中介绍的香港平民食品，如叉烧饭、油鸡饭等，读起来挺有吸引力，教我口水流个不停，很想跟他一样去香港天天吃。但那只是香港，而不是大陆。

一九七〇年代初，有些日本青年跟山口一样流浪世界。他们的“圣经”是小田实的《什么都要看》。一九四九年出生的纪实作家泽木耕太郎，在一九七四年忽然想起“从印度德里坐公共汽车去英国伦敦会怎么样”而带着全部财产一千九百美元离开了日本，他的第一站也是香港。泽木后来把前后两年的欧亚大陆旅游经验写成长篇游记《深夜快车》共六册（台湾版《深夜特急》三册），一九八六年问世后引起日本年轻人的背包旅游热。但那是稍后的事情，而且那一代的流浪青年还进不了中国大陆。

一九八二年北京之夏

> 我平生第一次坐飞机，有生以来第一次从上空看到的万家灯火是上海，白炽灯橙色的光线给人的感觉暖呼呼。

一九八二年，大学二年级的初夏，我在日中学院听到早稻田大学中文系的同学们正要自己组团去中国，是趁暑假到北京进修四个星期汉语，而且团员名额还没满。当时的中国不为外国个人游客发签证。但是参加一般旅行团的话，活动自由一定受限制。去北京短期留学一个月，应可多少接触到实际的中国吧？我忽然兴致勃勃了。因为上了大学以后，日本国内的铁路旅行不再引起我的兴趣；我想去更远的地方了。能去中国一个月多好！总费用是三十多万日圆，等于早稻田大学半年的学费。幸亏那时候我家经济还行，父母愿意资助。就这样，我领全家之先申请护照，跟一批同学们从成田机场搭上了中国民航班机。

当时，中国跟韩国没有邦交，民航班机不能飞越韩国领土，只好先飞过黄海到上海，再向北去北京。那晚，我平生第一次坐飞机，有生以来第一次从上空看到的万家灯火是上

学校宿舍

北京华侨补习学校的宿舍，觉得纱布蚊帐很有味道。

海，白炽灯橙色的光线给人的感觉暖呼呼。十多年后，我有机会在香港艺术中心观赏中国解放前的上海电影《万家灯火》，就想起了一九八二年夏天从上空看见的上海。

刚改革开放不久的北京，连长安街上都没有汽车的影子，反而有许多待业青年没事干地蹲在路边，晚上趁黑在大街上踢起足球来。当时的北京人还没有穿牛仔裤的。他们一看我们打扮的样子，马上知道是国外来的，但想不到是日本人。“华侨吧。”他们彼此说。“不是啊，是日本人呢！”我们用日本腔的普通话说。“唉，真由美！”那是一九七〇年代在中国公演的日本影片《追捕》里，中野良子饰演的女主角名字。

我们谁也不是华侨，但是位于阜城门外的北京华侨补习学校还是乐意接受了我们，大概是市场经济化的先驱了。不过，除了我们团员以外，其他学生都是来自美国、日本等地的华人学生，从小学生到大学生，年龄相差很大。他们是两个人住一个房间，我们是四个人住一个房间，大概是人数多的缘故吧。在水泥地板上安置了铁管床，从天花板挂下蚊帐，在摆设朴素的房间里，还有画着金鱼的珐琅洗脸盆和牡丹花图样的玻璃制暖水瓶，在日本学生眼里倒有新奇的美感。

在北京的四个星期，上午上课，下午复习，周末有校方安排的活动，如：八达岭、十三陵游。但是，好奇的日本留学生如我，总是找机会溜出去逛街，想要尽可能接触到当地的实际生活。已忘了怎样认识的，我们跟清华大学的几个学

BEIJING 北京

北京外国语学院结业照。（第二排右八）

生一块去北海公园划船。后来，我也跟当地年轻工人交上了朋友。记得第一次单独约会之际，他在西单大街南边的素食餐厅请我吃饭，因为他点的菜肴很多，我以为还有别的朋友要来，其实并没有，只有我们两个人。就那么一顿饭，他花掉了四十块人民币。我当初没有明白，但那数目等于他三个星期的薪水，果然第二次约会的时候，他的钱包已经空荡荡，问了我："你有钱吗？我只有粮票呢。"

北京给我的第一印象好比是冷淡的帅哥。他不是说着甜言蜜语伸开臂膀的类型，却有独特的魅力令人难忘。不过，当时的北京也确实有很多帅哥，我觉得比东京至少多三倍。一来北方人个子高、皮肤白。二来外国人有异国情调。最重要的因素是当年北京没有胖子，大家都高瘦苗条得跟时装模特儿一般。日本媒体说，那是中国人常喝茶自然减肥的缘故，于是日本市场上一时流行茉莉花、普洱等中国产的"减肥茶"。后来的二十多年里，北京男人的平均体重增加了多少我不得而知，总之到了现在很清楚：喝中国茶会自然减肥之说是胡说八道。只要热量摄取得少，谁都不会发胖的，事实就是这么简单。

一九八二年的夏天，北京街上还到处看得见"文革"时期留下来的红色大标语。虽说改革开放已有几年，但是集体所有制仍非常巩固，中国首都还没出现民营企业、商店。当时，整个北京城的饭庄、食堂，只有中午和晚上固定的几个小时

中国粮票
当年大陆，没有粮票就吃不到饭。

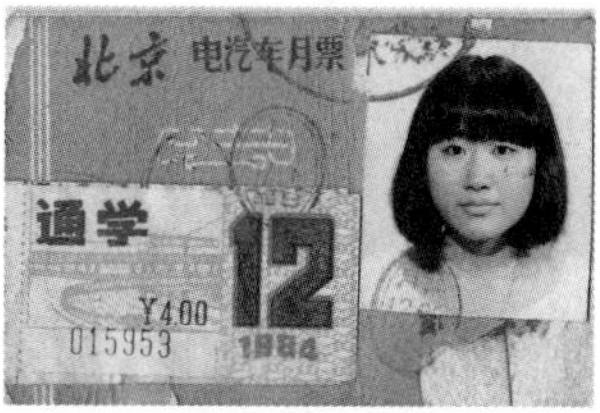

BUS PASS
1984 年 12 月的北京公车月票。

才开门，如果错过了时间，就得挨饿。但即使在午饭晚饭时间，没有粮票的话，有钱也不行，吃不到饭。可怜的外国人只好在路边的副食品店买块干巴巴的面包塞进嘴里。当时的北京也还没有普及冰镇的饮料。啤酒是从公共浴池那么大的桶子用塑料勺子舀起来喝的。有橘子味的常温汽水一瓶卖三毛钱，相比之下摆在专用冰柜里的可口可乐一瓶卖八毛钱算贵的了。当时，除了北京饭店、民族饭店等国营饭店以外，中外合资的建国饭店已经开门，去那里就可以吃到外国食品。不过，我们留学生倒觉得吃喝跟中国老百姓一样的东西才酷。连服装、发型都要模仿北京姑娘，甚至女同学们互相帮忙梳辫子一块去照相馆拍了中国味道的照片。

在那一个月里，除了学校安排的郊游以外，我也毅然实行了一次单独旅游，是坐长途公共汽车往卢沟桥。虽然地点在北京郊外，但是我第一次一个人离开了北京市区，而且当年卢沟桥据说属于未开放地区，桥边真有解放军士兵带枪守卫着，教人紧张至极。

我第一次在北京的时候，“教科书事件”（即日本教育部把历史课本上有关“侵略中国”的记述改成“往中国进出［发展］”而引起中国政府抗议的事件）第一次发生了。当时，我还不大会看中文报，也听不大懂新闻广播，但是有个高年

1982 卢沟桥

当年大陆，外国人只能在特定的开放地区内旅行。在北京郊外，卢沟桥是外国人的禁区。

1982 BEIJING

去北京进修汉语四个星期，跟两个日本同学一起去市内的照相馆拍了中国式照片，连衣服和发型都学当地女孩。（中间那个是我）

级同学从街上贴的报纸了解到了事情的大概。到底对我们会有什么影响？谁也不知道。有个同学出去回来报告：外头有人骂日本鬼子，并把葱头什么的往他扔了过来。可是，对我本人，事件倒没有直接的影响。

八月底，我们从北京起飞，在回国的路上停留于上海、苏州、杭州三地，总共游览了五天。印象最深刻的是上海第一百货大楼，商品丰富且时髦，连牛仔裤都有卖。跟南京路繁华的市容相比，北京第一大街王府井逊色多了。还有，江南人说的话跟我们刚在北京学的截然不同。当我说“谢谢你”，对方马上纠正道：“谢谢侬。”

上海偷渡客

他用蓝色钢笔写的方块字不能说很漂亮，但是内容的真诚打动了我的心。

我跟改革开放的中国显然有缘分。一九八三年，我读大学三年级的时候，中国政府宣布：第一批三十一个城市对外国个人旅客开放了。这么一来，去中国不必参加旅游团，也不必把短期留学当借口，光明正大地可以自己去玩了。那年，我跟同学们办的校园杂志卖得很好，到了年底手头上有了十万日圆的闲钱，恰好跟去上海自由旅行一个星期的价钱一样。之前，我深信日本最重要的节日元旦非得在家跟父母一起过不可。但我都是二十一岁的人了，国外旅行的吸引力比家人大得多了。

于是我到旅行社报名，要参加开放后第一届的上海自由旅行团。十万日圆的费用包括签证费、机票费和一个星期住在上海宾馆的房租。团员总共十来个，男女老少都有，但是我跟他们几乎不来往，每天在宾馆餐厅吃完早饭以后，马上一个人上街了。

好像就是刚到上海的第二天上午，我在南京路上一个人溜达溜达，在华侨饭店一楼的咖啡厅认识到了三个帅哥：阿成、阿德和阿鹏。他们说普通话的口音很重，尤其是阿成、阿德两个人。我好不容易才弄明白他们俩是香港来的。穿西装的阿成皮肤白皙，穿运动装的阿德则皮肤稍黑。他们俩和当地小伙子阿鹏好像也刚认识不久。我们四个，加上一男一女两个上海中学生，在后来的几天里玩得非常愉快。

我们去古老的国际俱乐部打桌球、游泳。解放前留下来的建筑特别有风格，而且不知怎地没有其他客人，像是我们包了全场。十二月三十一日晚上，我们在上海宾馆顶楼的迪斯科舞厅参加了除夕晚会。另外，还分别到两个上海中学生家去做过客。那年代的上海公寓是没有暖气的。我们去女孩子家的时候，她母亲大白天躺在床上，我还以为人家有病，其实她是钻进被窝里取暖的。她母亲看见我们进来，匆匆起身张罗的糖水煮鸡蛋，在当年中国算是奢侈品，但是我吃不惯而剩下了一大半，后来被阿成谴责“没礼貌”。男孩子的家则相对贫穷，一家人住在大杂院的阁楼，在房间里烧水得用蜂窝煤。

几天后，阿成和阿德坐火车离开上海，我和三个上海人一块到车站送他们。再过几天，我也要走了。二十来岁的阿鹏好像是个待业青年，没有工作也没有钱。两个香港人走了之后，他要求我带他一同去友谊商店。我给他买了两条三五牌香烟当礼物。记得阿鹏说："中国很落后，赶上日本需要五百年。"谁料到，九〇年代以后的上海迅速发展，其实五十年都用不着，有些地方已经超越了日本。

回日本以后，我写信给在上海认识的那五个中国朋友，也收到了一些回信。其中，阿德写来的信最长，是寄自广州的。在薄薄的航空信纸上，他用蓝色钢笔写的方块字不能说很漂亮，但是内容的真诚打动了我的心。他在信里向我坦白：原来阿成和他都是广州人，是偷渡去香港的。阿成运气好，弄到了身份证，做的士司机，但是他自己一直属于黑户，在香港躲躲闪闪地心情总是不好。年初离开上海后，两个人到了广州，阿成一个人回香港，他倒决定留在广州，目前寄宿于母亲家。两个偷渡客在一九八三年年底的上海到底做什么，我至今不知道。

至于待业青年阿鹏，我过一年再到上海时，根据信上的地址找过他。在旧市区杂乱的弄堂里，找来找去才碰到了一个老太太知道阿鹏的名字。她好像就是阿鹏的奶奶，但是只会讲上海话。别人帮忙做翻译，我才明白：阿鹏被送到新疆去了。我不敢问老太太，她孙子是否做坏事给判决"劳动改造"了。

“延期偿付”的小飞侠

大学三年级的日子快要结束了，其他同学们都开始准备写毕业论文，也马上要着手于就职活动了。但是我自己呢，倒老梦想去海外漂泊一段时间。

有个英文词叫Moratorium，本来是经济学上延期偿付的意思。一九八〇年代初期的日本，心理学家小此木启吾写的《Moratorium人的时代》一本书很受欢迎。他指的是到了大学该毕业的年龄也不想马上出社会工作，反而想办法延长自由自在的青春时代，要暂停承担社会义务的年轻人。把经济学术语用来形容这代人心态的做法，当初是美国的精神分析家开始的。经小此木介绍到东瀛来，日本不少年轻人觉得，这个词描写自己的心理状态恰到好处。恐怕是一个国家的经济水平宽裕到一定的程度以后，就出现这么一批年轻人的。小此木后来也引进美国的通俗心理学概念，探讨社会上有一群年轻人永不想做大人的问题，即“小飞侠（Peter Pan）症候群”。

我本人大概也属于八〇年代初“延期偿付的小飞侠”之一。大学三年级的日子快要结束了，其他同学们都开始准备写毕业论文，也马上要着手于就职活动了。但是我自己呢，倒老梦想去海外漂泊一段时间。都二十二岁了，由别人看来是十足的大人了。跟我同岁的朋友当中有不少是高中毕业以后就出社会已经工作了四五年的，也有女同学早就结婚做了母亲。尽管如此，我还是觉得：还没有学够，也没有玩够。

就在那个时候，一九八四年年初的一天，我听说日中友好协会不久要举行留学生选拔考试，正在接受报名。如果成绩好，就会有中国政府发给的奖学金，能够以公费生资格免费去中国留学两年。这应该是老天爷送给我的礼物了。经过前后两次的短期中国旅行，我的普通话有了点进步，对中国社会文化以及人的兴趣也越来越深。趁机学好中文，同时在广大的中国大陆无忧无虑地旅游两年，对“延期偿付的小飞侠”来说，难道不是最理想的出路吗？

时机对我很有利。一九八三年，当中国政府把国内三十一个地方指定为对外开放城市以后，日本有家出版社马上派一批背着背包的小飞侠去中国大陆走个天南地北，把他们带回来的旅游讯息经整理编成一本书出版了。那就是Diamond Big社一九八四年刊行的《地球的步行法“中国自由旅行”：一九八五至一九八六年版》，乃战后日本头一次问世的中国大陆自助旅游指南书。当我顺利地通过日中友好协会举办的留学生考试，八月底以公费生身份从东京往北京出发的时候，随身行李之中就有这本书了。后来，我在中国留学的两年里，每次去外地旅游都一定带着《地球的步行法》和仓石武四郎先生编的《岩波中国语辞典》。

日本背包客的守护神
——《地球的步行法》和“HIS”

一九七〇年代离开日本的年轻人，一到海外就发现：其实去海外旅行不必是百万富翁，反之在西方，越是没钱的年轻人越要去长期的旅行。

世上很多事情往往都同时同步地发生，也就是心理学大师荣格所说的 synchronicity（同时性）吧。当中国逐渐向外国游客开放国门，也正当我这个“延期偿付”的小飞侠要向广大世界起飞的时候，日本旅游业也正在发生很大的变化：以背包客（back packers）为对象的各种服务陆续诞生。一方面有自助旅游指南书《地球的步行法》系列开始刊行；另一方面有专门出售廉价机票的旅行社在东京新宿开张了。

背包客是买张廉价机票出国，穿着牛仔裤和运动鞋，背着背包走世界的。跟之前买定价机票，穿着西装、皮鞋，戴帽子，体面地走上了飞机阶梯，然后向亲朋好友挥手告别的精英分子不同；也跟之前乖乖地跟着陪同导游走的蜜月旅游团，“农协”旅游团不一样。背包客虽然没有很多钱，但有

SHANGHAI 1985（右一）
跟东京来的家人一起，在上海外滩拍的旅游留影（姥姥，父母，妹妹，弟弟）。

的是时间，因而特别重视活动自由。

Diamond Big 社（以下简称 DB）从一九七九年开始问世的《地球的步行法》，是日本最早以背包客为对象的旅游指南书系列，由最初的欧洲版、北美版、中美版开始，陆续扩大范围，直到如今在日本大型书店书架上始终摆着一百二十多种的地步。

DB 当初主要从事的是针对大学生的就职咨询业务，后来进入了海外旅游业。在一九八〇年前后的日本，大学四年级学生的毕业旅行逐渐流行了起来。他们嫌团体旅游的拘束，反而向往漂泊，憧憬冒险，却缺乏相关的经验和能力。于是由DB组织旅行团，带一批大学生去海外某一个城市（如：伦敦、洛杉矶），给他们提供开头两晚的住宿和个人旅游所需要的详细信息，然后叫团员自力更生往各地（如：欧洲大陆、北美大陆）出发并自由旅游一个月左右，在约定的日子和约定的地方（如：巴黎、纽约的中央火车站）大家再集合，一起回日本去。这样的半自由团正符合当年日本旅游市场之需要，很受大学生和他们家长的支持。

为了鼓励多数学生参加，DB 要收集并累积大量有关海外各地，既详细又最新的旅游信息。为此目的而策划的《地球的步行法》系列，从制作方法起就跟传统旅游书不同：它不是派一个或几个记者去采访后书写，而是向不特定多数的自助游客募集投稿，把他们提供的内容编成书出版的。好在 DB 每年组织多个半自由旅行团，各团员在各地收集的信息，虽然质量不一定高也不一定准确，但是强在信息量特多，绝对压倒任何传统旅游书。再说，第一版问世以后，从翌年起，带书出国旅游回来的读者，不请自来纠正旧版的错误，也为新版提供信息。《地球的步行法》刚开始的几年，就是这样更换内容的。

廉价机票出现于日本，也几乎在同一个时候。直到一九七〇年代末，一般日本人去海外的途径只有跟团。一方面，普通日本人在海外的活动能力确实不高；另一方面，市场上也没有零售廉价机票。当年单独出国的日本人非得按定价买机票，但价钱贵得只有百万富翁负担得起。然而，同一时期在欧美市场上已经有的是廉价机票，西方嬉皮就是利用那些机票绕行全球的。一九七〇年代离开日本的年轻人，一到海外就发现：其实去海外旅行不必是百万富翁，反之在西方，越是没钱的年轻人越要去长期的旅行，因为国外物价会比本国便宜。

一九八〇年，首都东京的嬉皮，在新宿开张的HIS是日本市场出售廉价机票的先驱者。即使在最初，他们卖机票的价钱是定价的一半而已。HIS是以批发价格采购团体票，然后以零售价格分给个人旅客的。之前，航空公司批发机票的客户只有组团的旅行社，但是如果到了最后规定人数还不满的话，飞机只好留着空位子起飞；好浪费。HIS就把那些剩余的机票买下来，不仅为个人旅客带来方便，而且给航空公司、旅行社都带来利益。于是生意越来越好。后来HIS也开始经售市场上名气相对低的第三世界航空公司的票，价钱更便宜了。

记得有一天，我在大学看到墙上贴着“超平机票”的传单，下课以后去新宿打听有没有去中国的票。当时的HIS还创办没多久，公司位于新宿西口老旧大厦的二楼，里面只有两张办公桌和一架电话。该公司创办时期的主要顾客群是背包客大学生。他们的头脑比成年人开放，对新型服务的接受能力强，而且由于钱不多，更愿意买廉价票。相比之下，成年人不信任新出现的行业，他们说：“怎么会那么便宜？一定是骗人的吧！”也难怪，当时HIS经售的机票是起飞当天在机场柜台才拿到的。总之，那天接待我的工作人员（说不定就是创业老板）很热情。但是，去中国的个人机票当时仍只由被授权的几家特定旅行社经售。“去香港的票则有很多，最便宜的是印度航空公司的，如果你不怕深夜到达的话。”他对我说。

HIS是Hide International Tours的简称，Hide是老板泽田秀雄的名字中“秀”字的日文读音，我猜也是他的英文通称。不过，看起来跟英文的hide（躲避、保密、隐瞒）意思一样，我觉得颇好玩。虽然那天没有买到去中国大陆的飞机票，但是在我大学毕业之前，去香港几次的飞机票，都是在HIS买的。当时没想到我妹妹几年以后开始在HIS工作；也没想到该公司将成为日本旅游业界屈指可数的大企业，不仅在东京股市上市，而且收购海外饭店，也办起自家的航空公司（Sky Mark Airlines）来。

冷战末期的北京留学生

一九八〇年代是冷战末期。台湾还没有解严，台湾人不能直接去大陆。台湾或大陆好比是二者择一的考题；取了一个，得弃一个。当时因《龙的传人》一曲走红的侯德健就选择了大陆。

从一九八四到一九八六年，我去中国大陆留学两年。第一年在北京外国语学院进修现代汉语，第二年则转学到广州中山大学历史系。我是参加日中友好协会举办的留学生派遣考试，被选拔为公费留学生的。免除学费、房费以外，每月还可以领奖学金，乃中国教育部所发给的。一个月两百块人民币的奖学金比当年中国多数人的月薪还多。在当时的中国，“内外有别”是公认的国策。货币也不例外：本国人用人民币，外国人用外汇兑换券。有些地方，如友谊商店或外资酒店，只接受兑换券。在两种货币之间，中国政府规定的交换率为一比一，但是在“黑市”，一百块兑换券最多能换到一百八十块人民币。在一九八〇年代的中国，外国人最常听到的英文是：“Change money？”

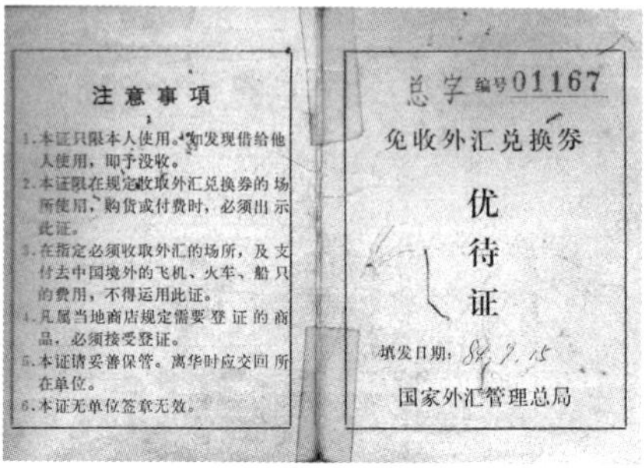
注意事項

1.本证只限本人使用。如发现借给他人使用，即予没收。
2.本证限在规定收取外汇兑换券的场所使用，购货或付费时，必须出示此证。
3.在指定必须收取外汇的场所，及支付去中国境外的飞机、火车、船只的费用，不得运用此证。
4.凡属当地商店规定需要登证的商品，必须接受登证。
5.本证请妥善保管。离华时应交回所在单位。
6.本证无单位签章无效。

总字 编号01167

免收外汇兑换券

优待证

填发日期：84.9.15

国家外汇管理总局

WHITE CARD

当年在大陆的外国人只要拥有这张白卡（优待券），就能把人民币当外汇兑换券用。

中国还没有金融卡也没有信用卡，却有“白卡”。拥有这卡的是领取中国政府薪金的外国人，如外国专家或部分联合国组织职员等，公费留学生也包括在内。当我们花人民币的时候，只要出示一下“白卡”，就买得到本来非付兑换券不可的东西。“白卡”也允许持有者免税进口各种家电，如彩电、录音机、冰箱等。记得有位大学教授的夫人多次请求我用“白卡”替她从香港进口一台洗衣机，也为了这点帮忙，她还请我吃过几次饭。但是我胆子小，怕麻烦，始终没有同意，教她失望了。

日本和中国之间的教育交流，当年刚恢复没多久。一九七二年邦交正常化，一九七八年改革开放后，才有日本留学生去中国念书。在一九八〇年代的北京，接受外国学生的院校有几所，除了我被分配去的外国语学院以外，还有北京大学、师范大学等。以工科为主的清华大学，来自第三世界的留学生占多数。留学生人数最多的是北京语言学院。学中文的外国人很多都用过这所大学出版的课本，所以感觉上特别熟。我在北京碰到过一个意大利女学生。她事前没做任何安排，就离开意大利、搭上西伯利亚铁路、跨越欧亚大陆来到北京，拿给的士（当年叫做出租汽车）司机看了语言学院刊行的课本，也不知有意还是无意地从松宽背心的袖孔里，展现着没戴胸罩的丰满乳房和繁茂的金色腋毛。总之，她是要直接去语言学院办入学手续的。

一九八〇年代是冷战末期。台湾还没有解严，台湾人不能直接去大陆。台湾或大陆好比是二者择一的考题；取了一个，得弃一个。当时因《龙的传人》一曲走红的侯德健就选择了大陆。北京的大专院校理应没有台湾学生。中国跟韩国之间都还没有建交，北京院校也没有韩国留学生，街上都没有韩国游客商人，更不用说韩国街了。当时的北京人对“韩国”很陌生，仍称之为“南朝鲜”，想都想象不到十几年后会出现韩流。在一九八〇年代的大陆，如果听到了韩语（也确实常听到）则一定是“北朝鲜”人讲的。

我在北外（北京外国语学院）的同学里，人数最多是北朝鲜留学生，约有七十个人，占总共一百五十名留学生的差不多一半。他们年纪在十六和二十二岁之间，男女比例为八比二，似乎都是来自平壤的高干子弟，到了北京后先学好汉语，接着插入外国语学院的本科班，跟中国籍学生一起学习五花八门的外国语，如斯里兰卡语。

留学生楼的第二大群体是日本人，大约有五十名，从十八到三十多岁，有公费生、自费生、企业派遣之别。其中一位男同学，是某家公司的职员。他叫新婚妻子从日本过来，另付房租在留学生楼里跟他同居，并且每天用小电炉专门为他煮的三顿饭当然是日本菜啦。他们要在其他留学生面前展开黏糊糊的新婚生活，因为当年到大陆的留学生一律得住在大学宿舍而不可走读（通学），犹如中国大学生全住校一样。反正外边也还没有私房出租。日本有些大企业，把将来预计担任中国市场主管的年轻职员送出去留学两年，第一年在台北学习打基础，第二年则转到北京练发音。校方为了方便那些人，特地把厕所叫做一号、二号等，教其他人摸不着头脑。

北京外国语学院的留学生楼在远离中国学生宿舍，隔了条西三环的西院最里头。在那儿，北朝鲜学生住在二楼，日本学生住在三楼。一楼的住户则有苏联人、柬埔寨人、波兰人，均来自当年中国在社会主义阵营里的友邦国家。他们都是国家派来的，有国家赋予的任务，也有对国家的责任。相比之下，日本留学生从小在资本主义社会里长大，往往把留学当作逃避生活回避现实的手段，对他国的社会主义体制理解有限，对各国历史的研究也不够，难怪跟其他国家的学生之间常常发生了小摩擦。

青春，北京的摇滚分子

我在北京的一年，交上的中国朋友很多，他们自称为“八〇年代现代派”。其中印象最深刻的是一群摇滚青年，当时住在首都剧场里面，白天排练英美日和中国港台地区的摇滚乐，傍晚出去吃饭喝酒打架，深夜回到剧场里睡觉。

当大陆文化界开始出现怀旧一九八〇年代的潮流之际，我才发觉，那年代的中国，尤其是北京，原来对大家都是美好的记忆，而不仅对我本人如此。虽然我在北京待的时间并不长，只有一年而已，但是后来一直当她是第二故乡，因为在那儿过的日子实在教人怀念不已。一九八四年初秋，我到北京的时候，中国首都的气氛跟两年前我去短期留学的时候已经很不一样了。街上开始出现个体户小餐厅或杂货店，西单、西四等地方很热闹有活力。好像一切都要从现在重新开始，中国人对未来很有信心的样子。

那是邓小平、胡耀邦、赵紫阳领导中国的年代。我到北京后一个月，就遇上了建国三十五周年的大典礼。当局通过学校通知：留学生也可以参加。于是十月一日当天，我们一批留学生到人民大会堂北边的西长安街，在斯大林肖像的下面排列等待中国领导人出面。老师事先教过我们，当邓小平出现时，大家得齐声喊："首长好！"那就是陈凯歌拍成影片《大阅兵》的大游行。有个日本女同学，在外国语学院的留学生楼住在我隔壁房间，她那天在斯大林肖像下面认识了清华大学的巴基斯坦留学生，后来一直保持来往，毕业后在北京结婚生活，直到一九八九年"六四事件"后两人双双去了美国。

我在北京的一年，交上的中国朋友很多，他们自称为"八〇年代现代派"。其中印象最深刻的是一群摇滚青年，当时住在首都剧场里面，白天排练英美日和中国港台地区的摇滚乐、流行歌曲以及自己创作的曲子，傍晚出去吃饭喝酒打架，深夜回到剧场里睡觉。乐团的名字叫"不倒翁"，就是跟当年中国领导人的外号一样。成员有好几个：丁武、王力、李季（小季）、阎纲、王迪、臧天朔（小臧）等。可称为他们大哥的孙国庆当时已经有点名气，拍过电影什么的；常带小号来玩的老崔是后来的摇滚天王崔健。北京许多人还穿军装的时代，他们就已经打扮得好前卫，在别人看来蛮奇怪，疯疯癫癫的。留长头发的丁武，以前是中学的美术老师。他说"我母亲说，我以前是傻子，现在又成了疯子"，教我笑个不停。谁会想到几年后他当主唱的唐朝乐团将成为全中国摇滚粉丝的偶像。

一九八四到一九八五年，中国最早的摇滚乐团不倒翁还完全没有演出的机会，收入有限，大家都穷得可以，甚至有人因营养失调而全身起疹子。可是，有理想的年轻人是蛮快乐的，而且他们也施行一种共产制度：谁有钱，由大家来花。乐团成员中多数是四川人第二代，特别爱吃辣，经常光顾西单南边的个体户川菜馆，在路上摆的折叠桌子上每次都少不了大盘的鱼香肉丝，也一定摆满了绿色瓶子的北京啤酒。他们也喜欢到西四延吉冷面馆吃辣狗肉。至今听到“青春”一词，我首先想到的永远是当年的北京摇滚分子。

一九八四年到一九八五年，在北京名气最大的日本人是山口百惠。她和三浦友和饰演男女主角的《血疑》等“红色系列”电视连续剧，当时正在中国播放，连小孩都会哼主题歌。还有《一休和尚》等日制卡通片也相当红。社会上常见到的日本产品有卡西欧的电子键盘，特别在小规模舞会上，随着它的伴奏大家跳交谊舞。一九八五年夏天，由于抗战胜利四十周年的缘故，电视上开始重复地播放“文革”时代的抗战电影，如《地雷战》《地道战》。大家都看老舍原著改编的连续剧《四世同堂》，也是以抗战为背景的。记得有一次去南苑空军干休所的丁武父母家，跟他们家人一起吃饭的时候，电视放着《四世同堂》。我当时还听不大懂中国话，对电视节目也不怎么注意，却对桌子上他母亲蒸的苦瓜特别有兴趣，中间洞里塞着肉什么的。忘了是谁，总之有人忽然发觉了似的问我：“小三子，你是鬼子吗？”我一时放下苦瓜，歪着头，有点傻乎乎地反问：“你说什么？……”

一路上单独行

记得当时每次去旅行，我都背着在东京买的红色大背包，好像本来是为滑雪客而设计的，两边有能装放一双滑雪靴的大口袋。我在那里放迪斯尼花样的塑料暖水瓶，是当年中国旅游的必需品。

前后两年的中国留学期间，我做了六七次的长线旅游，大部分都为单独行。所去过的主要地点如下：

一九八四年十月（国庆节假期）：天津。

一九八四年十二月（元旦假期）：大连、旅顺。

一九八五年二月（春节假期）：上海、宁波、绍兴、杭州、福州、泉州、厦门、汕头、广州、深圳。

一九八五年五月（劳动节假期）：沈阳、抚顺、长春、哈尔滨、海拉尔、满洲里。

一九八五年八月（暑假）：银川、酒泉、嘉峪关、敦煌、乌鲁木齐、喀什、阿克苏、库车、库尔勒、吐鲁番、兰州、西宁、格尔木、拉萨、成都、上海、苏州、杭州。

一九八五年十二月（元旦假期）：香港、海口、三亚。

一九八六年二月（春节假期）：昆明、景洪、乐山、大足、成都、重庆、长江三峡、武汉、上海。

那是还没有手机也没有网络的时代，普通中国家庭连电话都没有。在大陆两个城市之间打电话，都要到长途电话局去挂号，更不用说国际电话了。当时，我们留学生去外地旅行，根本没有预订这回事。反之，要买车票就直接去车站排队，要住旅馆就直接去柜台等服务员上班，全都要当场交涉谈判的，而在那社会主义年代的中国，外国游客最常听到的汉语句子竟然是：“没有！”

话是这么说，在当年的中国内外有别，外国人还是处处受优待。买票常常有“外宾”专用窗口，虽然价钱会比当地人贵几倍，但是排队等待的麻烦则免除了。再说，中国也特别重视国际体面，若有本国人对“外宾”进行犯罪行为，即使是轻微如小偷的罪行，所受到的惩罚会蛮严重。那是中国还经常举行公开枪毙的年代，警告的作用特别大。所以我一个女学生去旅行，只要强调外国籍身份，一般就会避开麻烦危险的场面。

记得当时每次去旅行，我都背着在东京买的红色大背包，好像本来是为滑雪客而设计的，两边有能装放一双滑雪靴的大口袋。我在那里放迪斯尼花样的塑料暖水瓶，是当年中国旅游的必需品。除了用来喝水喝茶，还有些想不到的作用。有一个严寒日，我在浙江绍兴看到路边到处都有卖酒的小摊子，马上拿出那只迪斯尼暖水瓶买了二两花雕酒，然后边舔边走，不仅身体慢慢暖和起来，而且不知不觉之间整个人都醉醺醺的，真是舒服极了。

红色背包里也始终有《全国铁路旅客列车时刻表》、日本个人游客的“圣经”《地球的步行法》和我当时爱用的《岩波中国语辞典》。仓石武四郎先生编的这本辞典与众不同的地方是，所有的词儿都按照发音的罗马拼音排列，结果看起来像英语辞典，而不像汉语辞典。对中文根底浅薄、听力又不好的初学者来说，这是再方便不过的辞典，因为当我们听到汉语生词之际，若手头上只有传统汉语辞典的话，很难知道该在哪个母文字下进行搜寻为好。然而，有了仓石先生的辞典，则可以全按照发音去查询，结果真是跟变魔术一般，十之八九竟能找到语义。

个人旅行重要的携带品，还有万能药。当我离开日本之际，姥姥叫我带了当药吃的自家制梅干。后来，我也发现广东名药保济丸很管用，胃肠感到不舒服就服用一下，一般都会解决问题。不过，对水土不服，最好的对策是请教当地人。当我在丝绸之路上吃了太多哈密瓜拉肚子的时候，有个新疆人告诉我：“你吃西瓜吧，会止泻。”果然如此。我刚从干燥的北京搬去潮湿的广州时也一时适应不良，当地菜也吃不惯。就在那个时候，有人告诉我：“吃豆腐吧。换了地方，该吃豆腐，身体才会适应过来的。”结果呢，果然如此。

涉外饭店

> 当时外国人不可住民房不说，连中国人住的旅馆也不接受外国人。所以，留学生到了外地，一般得住在国际旅行社等专门接待“外宾”的饭店。

虽说是在广阔大陆上的个人自助旅游，但是在一九八〇年代的中国，外国旅客能享受到的自由还是很有限的，感觉像是如来佛手掌上的孙悟空。例如，当年中国的签证有入境签证和出境签证两种。当我们去中国留学之际，先得申请入境签证，到了中国后则马上要办理外国人居留证，乃合法逗留的证明书。然后，每次想要离开，都得在居留地公安局办理出境签证，否则拿机票去了机场也不得出国。

留学时代的我，远走高飞的念头特别强，于是到外地旅行也不想去普通游客云集的名胜古迹如西安、桂林，反而专门跑满洲里啦、喀什啦、景洪啦，中国跟邻国之间的边境地区。但是，我每次离开居住地以前，总会忘记办理出境签证，所以到了满洲里、喀什也没能过境去当年的苏联，到了景洪也没能进缅甸。在西藏拉萨，其他游客都要坐车去尼泊尔加

QINGHAI 1985
青海省格尔木的西藏自治区驻格尔木汽车运输总站，从这儿坐四十八个小时的巴士去了拉萨。

德满都，我只有目送的份。最糟糕的一次是，从北京老远到了深圳，忽然想起香港有个老朋友，很想过去看一下，但是到当地公安局打听后得到的回答竟然是：“你得在居住地办理出境签证”，而我当时的居住地是两千公里之外的北京！

另外，外国游客能住的地方也受限制。当时外国人不可住民房不说，连中国人住的旅馆也不接受外国人。所以，留学生到了外地，一般得住在国际旅行社等专门接待“外宾”的饭店。但是，在每个开放城市只有几家涉外饭店的情况下，如果都客满了，怎么办？

有一个冬日，我在沈阳遇到过那样的情况。背着背包，问了市内所有的涉外饭店，但都说“没有空房”。外边极冷，天都已经黑了，肚子饿得咕噜咕噜响，非得先吃点东西不可了。于是在火车站附近找个小店，推开笨重的帘子进去，里面提供着朝鲜风味炭烤牛肉和冰镇冷面。店里稍黑，木炭燃烧的颜色更加显得暖呼呼，简直是安徒生童话《卖火柴的小女孩》中主人公做的梦一般。我马上坐下，学旁边顾客的模样，用桌子上的糖、醋、酱油和辣椒粉自己调好了作料，然后把刚刚烤熟的牛肉片蘸着放进嘴里去，热腾腾的太好吃了。可以说，我从烤肉和冷面取得了继续找房子的勇气，忽然想到大都会沈阳应该有所大学，何不去求助？幸亏，最后在辽宁大学的留学生楼找到了个床位。

也有一部分涉外饭店，却无论有房无房，无论有床无床，都接受客人。一九八五年的暑假，我去西北长线游，在甘肃省兰州的兰州饭店，青海省西宁的西宁宾馆，连续几天付五块钱人民币住的都是所谓多人房。为什么要加“所谓”两个字？因为两家饭店让我住的其实不是客房而是巨大的会议厅，里面也没有床，而是在硬邦邦的地板上铺满了床单，让无数外国游客挤在一块儿睡的。所谓外国游客，当年以香港大学生为主，他们是由好几对男女组成二三十个人的团体一起旅游的。当我放下行李坐了下来，马上有个女孩子用广东腔的普通话问我：“你的男人在哪里？”也许就是为了对付那些香港年轻人，饭店方面才把会议厅开放给外国旅客的。但是整夜吵吵闹闹的广东话噪音灌进耳朵，我根本睡不着觉。当年，中国人住的旅馆都以性别分房。即使夫妻要住在同一间，也非得拿出结婚证不可的。但是，不知怎地，涉外饭店的多人房却大都为男女杂居。记得同一年夏天，我在西藏拉萨住的雪域旅馆，围绕院子的好多间，全是男女杂居的多人房。每一个房间有十几张铁管床，环境蛮干净，但就是不分男女。我在那里见到的一个日本人，是年纪三十出头的男性，被南亚风土所迷住，在日本工作半年赚了一笔钱后就往印度、尼泊尔、中国西藏出发，无目的地逗留到钱用尽为止。他对自己的生活很满意，就是对男女杂居的旅馆有意见。

“我住的房间里，有个挺漂亮的法国女孩。有一天下午，我一个人在房间里的时候，她从外边回来，歪头向我微笑，然后呢，泰然自若地开始脱衣服。我在这儿住久了，每天见到各种各样的女孩子在我面前换衣服，但是这个法国妞竟然把内裤都要脱掉，而且全然不遮掩。你说这是什么意思？”

“要勾引你吗？”

“瞎说！正相反呢。人家把我当作猴子什么的，把全裸的身体展露在我面前，也想不到我会有什么反应。西方人瞧不起咱们东方人到这么个程度呀。你说糟糕不糟糕？”

他对事情的解释到底对不对，我无法判断。不过，本人对男女杂居的多人房也觉得难以接受。刚到拉萨的几天，我患上高山症身体不大舒服，只好躺在床上休息。那时候，有个满脸是胡子的美国大汉走过来说：“我会按摩，对高山症很有效的。”然后不等我的回答就开始摸脖子肩膀等……真是岂有此理！

面条之路

关于旅游的很多记忆，随着时间已消逝，但是在旅途上吃到的一些美味，过了二十年都念念不忘。

我这半辈子最长的一趟旅行是在中国留学期间的一九八五年夏天，花三十五天走了神州大西北的那一次。

七月中，我参加大学外办为日本留学生组织的团，坐火车从北京出发，经过酒泉、嘉峪关，在敦煌骑着骆驼参观过莫高窟后，再进入新疆，去吐鲁番品尝名产葡萄干，终于到达了乌鲁木齐；然后我和一个女同学离开了团，坐小型飞机前往新疆尽头的中亚市集喀什，回程则搭长途公共汽车，中途停留在阿克苏、库车、库尔勒的各绿洲，整整三天后回到了吐鲁番；从那儿，我上火车往甘肃兰州，看过黄河波涛后换坐开往西宁的兰青线，接着又上青藏线到当年的火车前轨道终点格尔木；接着是去拉萨，为时四十个小时越过五千米高山的公共汽车之旅；一个星期后，从世界屋顶坐飞机降落于四川盆地的成都，而后继续飞越中原到了上海，跟从日本来的家人玩了几天江南名城苏州、杭州；跟家人告别后一个人回北京，马上整理好东西，又一个人搭飞机搬去广州中山

TIBET 1985
在西藏拉萨。

大学的时候，已经快九月了。

关于旅游的很多记忆，随着时间已消逝，但是在旅途上吃到的一些美味，过了二十年都念念不忘。当年中国，物资和信息的流通都不怎么发达，在西北尝到的很多东西，在我居住的北京、广州等地完全吃不到，至于我留学结束离开中国后的情形则更不用说了。就是因为得不到，所以更加地想念。这感觉有点像恋爱。

至今一有人提到丝绸之路，我就回想起当年吃过的穆斯林美味来。那边好吃的东西可真多。但是很奇怪，还没离开北京之前，汉族朋友们纷纷警告我说：那边的东西不干净，恐怕你吃不惯。瞎说！新疆的伊斯兰教徒爱干净的程度，连日本人都衷心佩服，而且他们的厨艺教人大开眼界。恐怕是当年中国旅游不大方便，那些朋友们自己并没到过新疆才这么说的。

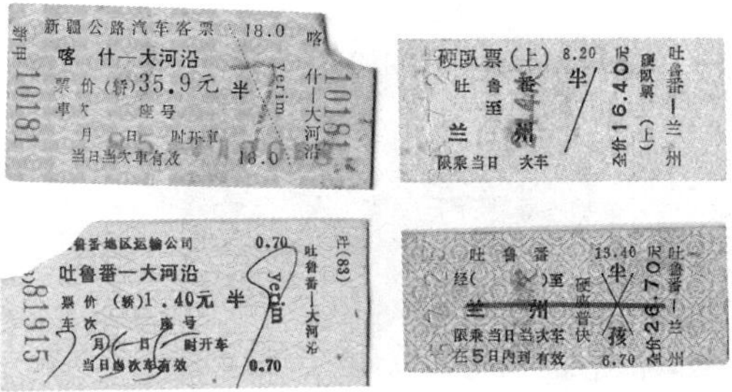

TICKETS 1985

大西北（面条之路）旅行时候的火车票、汽车票。

总之，出了嘉峪关，进了新疆以后，炒菜里面的羊肉明显多起来。不过，陪同我们团的是汉族老师，一天三顿安排给我们吃的也自然是汉族菜。离开了团以后，我才开始接触到地道的新疆菜了。特别是跟一批当地人一起坐长途汽车，花三天越过塔克拉玛干沙漠的时候，只好吃跟其他人一样的东西。谢天谢地，这样子才吃得到真正的美味。

最初迷住我的是新疆的水果，尤其是慕名许久的哈密瓜。我之前没吃过那么香、那么甜、那么多汁的水果，而且足球那么大的哈密瓜当时才卖五毛钱一个，比一瓶可口可乐还要便宜，能不吃吗？何况，香瓜是我从小最憧憬的水果；因为在当年日本，那是专门送给病人的高级礼物，永远轮不到小孩子。所以，大白天，疾驶于红色大沙漠的长途汽车，每次在绿洲停下来的时候，我都买一整个哈密瓜尽情吃。当初非常幸福，但接着心情开始矛盾，甚至有点为难了，因为吃了

OASIS 1985
1985 年夏天在新疆喀什。

太多哈密瓜一定会拉肚子，但是由于太好吃我绝不肯停吃，反而想吃更多。“不要紧的，你吃西瓜吧，马上止泻。”同车旅客们告诉我。于是又买一整个西瓜当药吃，果然真管用。就那样，我轮流地吃着哈密瓜和西瓜成功地渡过了塔克拉玛干沙漠。

然后，到了傍晚，公共汽车在什么绿洲停下来要过夜。我跟着其他旅客去外边，发现有个露天摊子。在长如柜台的桌子对面，戴着刺绣帽子的新疆厨师挥着炒菜锅正在做一盘又一盘的菜。我当初猜不到是什么，更不知道叫什么。反正，那摊子卖的就那么一种菜，我也要了一盘。结果呢，装在大盘子上的是我在中国领土上吃过的面食当中，最接近意大利面的东西。稍粗且长的面条特别有咬劲，跟西红柿、青椒、洋葱、辣椒、羊肉片等一起炒成的味道真是一级棒。我当场就联想到一则传说：意大利面当初是马可波罗从中国带回去的面条。难道闻名于世的丝绸之路，同时也是面条之路吗？

而这片新疆绿洲，就是中国面条和意大利面的分水岭？

我过于感动，不想一口气就吃完，倒希望能够慢慢品尝。但是天已经开始转黑，好多蚊子出来了。哎呀，沙漠上的蚊子可厉害啦，没多久，我整个人都被它们咬得可怜兮兮。但是，新疆炒面实在太好吃了，我绝不肯中途放弃，因为今晚离别后何时能再相见，在当年当地谁也说不清的。（我是二十一年以后，这时北京已经有为数不少的穆斯林餐厅，在位于东四十六条的弯弯月亮餐厅才再见到了它，而且这时才知道它的芳名叫做“拉条子”。）

经过后来的阅读，我得知面条是在欧亚大陆的好几个偏远地带分别诞生的，并不是马可波罗从中国带回意大利去，也不是他从意大利传到中国来的。不过，回想在中国留学的两年里到各地吃过的面食，我还是觉得，汉族跟少数民族杂居的大西北，确实有几种突出的面条。

新疆拉条子的印象还相当深刻的时候，我在兰新线火车上，从一批年轻军人那儿听到了：兰州牛肉拉面非常好吃。仅仅几年以后，北京街上到处出现牛肉面馆，不仅有兰州牛肉面，甚至有什么加州牛肉面。但是一九八五年夏天，北京还没有一家牛肉面馆。在当年北京，卖面条的馆子非常少，教我这个爱面族特别失望。因为我在日本刚开始学中文的时候，教科书上有篇课文专门谈北京炸酱面的做法，看起来很好吃的样子，使我憧憬不已，成为非去北京留学不可的原因之一；可是，到了北京以后，却找来找去都找不到炸酱面。那也是炸酱面大王没出现之前的年代，恐怕北京人都是在自己家里面做的。几年以后在多伦多，我去东北佳木斯出生的中国演员刘利年家，才第一次吃到了地道的炸酱面。

言归正传，本来对我来说，兰州只是地图上的一个点，抽象的地名而已。那天下车以后也并没有热心观光，只是去桥边观看了滚滚流去的黄河而已。但是，在兰州吃过的牛肉拉面的味道，我却是毕生绝不会忘记的。光是香辣汤汁里的大牛肉块和几根香菜，都足够教我惊喜得跳起来，再加上了特有弹性的拉面以后，简直就是全世界最完美的一顿便餐了。有趣的是，兰州拉面跟新疆拉条子不仅都是清真，而且口感很像，都很有咬劲。那是当年的北京面条普遍欠缺的特性，在大西北却为家常便饭。

虽说同样是大西北的少数民族，新疆人和西藏人，文化和气氛都非常不同。跟集体性格开朗，连举止都轻松，特别会跳舞的新疆人相比，西藏人显得相当地严肃沉重。在西藏，连饮食生活都不像凡事华丽鲜艳的新疆。把所有精神都献给宗教信仰的西藏人，也许对食物的兴趣不很大。所以，在拉萨过了几天后飞往四川省成都市的时候，我心中满是期待：四川菜闻名于全世界，这回应吃得到各种美味了。飞机着陆，我马上看到，四川盆地绿油油，处处可见在藤篮子里晒干辣椒的场面，好比是头发黑油油的美女戴着红宝石。

果然，天府之国的美名并不虚传，成都街上当年到处都有小吃店。我先尝了大名鼎鼎的陈麻婆豆腐，再去国营担担面馆点了二两担担面，吃完第一口就被与众不同的味道百分之百压倒了。新疆拉条子好吃，兰州牛肉拉面好吃，成都担担面也实在好吃。小碗里的面条和少量辣酱互相融合的程度，若跟西方比喻就是面包和奶油那么融洽而分不开。在市场经济还没有开始之前的计划经济时代，整个成都城没有第二家店卖这著名面食。我在成都待的几天，每天都会到国营担担面店去点二两或三两，吃多少次也不会腻，喜欢至极，只是很快在我脸上开始长很多痘子，是胃肠不适应消化那么多辣椒花椒的缘故。

担担面毕竟全球著名，北京、广州的四川饭馆菜单上都有，味道也不错，但就是比不上成都的。我非常想念成都国营店卖的那担担面，于是第二年春节假期，参加学校旅行团去昆明、西双版纳之际，又顺路一个人去了四川一趟。看了乐山大佛后到成都，如愿吃了国营担担面和陈麻婆豆腐。那一次四川行，也到大足、重庆等地玩几天，我原来以为离开成都后也可以继续尝担担面，何况重庆是中国屈指可数的大城市。谁料到跟整个日本一样大的天府之国四川省，除了成都那家店面一点不起眼的国营馆子以外，好像就是没有第二家店供应担担面的。真是不可思议！

北国之行

加拿大

无处正中

每次飞机着陆于多伦多机场的时候，我都觉得：天空有点太大了。

英文有个俗语说“无处正中”（in the middle of nowhere）。村上春树小说《挪威的森林》最后一句“我从无处正中一直向绿呼喊”就是直接翻译那英文俗语来用的。他把主人公在人生森林里迷失的心理状态用“无处正中”一句话来比喻。可是，在广大地球上，确实有些地方的地理位置，只能用“无处正中”一句来形容。

生活在地小人多的岛国如日本，平时不会尝到“无处正中”的滋味。从东京坐东海道新干线出发，过两个半小时抵达大阪之前，在五百五十公里的路途上，车窗外几乎一直看得见人家。中间光举大中规模的城市，就有横滨、川崎、静冈、滨松、丰桥、名古屋、京都等好几座。即使开车进入了没人住的山区，只要再开十分钟的车就会看见村庄，或者至少广告牌、电线等人类生存的证据。

除非深入富士山脚青木原等树海中去，岛国居民始终有感觉：不远处有人生活。那也许不是正确的知识，而不过是根据过去的经验来做的乐观推测而已。无论如何，不远处有人居住就等于感觉安全了，至少对地小人多的岛国长大的孩子来说确实如此。反过来说，当丧失了那种感觉之际，岛国的孩子会感到不安，甚至恐惧。环视四周，几十公里之内没有人类生活的痕迹时，嘴里尝到的一股寂寞味道，就是“无处正中”了。

我在加拿大生活的六年半时间里，经常被“无处正中”的感觉所袭。每次飞机着陆于多伦多机场的时候，我都觉得：天空有点太大了。周围没有多少高楼大厦，人口密度明显很低，很稀。开车离开了机场，起初沿路上还能看到汽车旅馆、快餐厅、加油站、“加拿大轮胎”五金商店的招牌，但不久只有农场、牧场了，而没过多少时间，连农场、牧场都不见了。我周围到底有什么？这就是原野吗？我到底在哪里？难道这儿不就是“无处正中”吗？

加拿大的公路，一离开城里，就全是修得平平坦坦、干干净净的高速公路了，每一辆车都以时速一百公里疾驶。往往前边后边都看不到其他车子，路边也很少有广告牌（是被法律禁止的），至于电线大概早埋在地下了吧。眼前除了一条公路，全然没有人类生存的迹象，却偶尔有被汽车撞死的食蚁兽或臭鼬鼠的尸体。臭鼬鼠是死了以后都很臭很臭的，从几百米远就闻得到强烈的臭味。或者有交通指示牌让司机提高警惕：注意野鹿！我有一段时间经常在多伦多、渥太华两地之间来回坐车。路边常看到野鹿奔跑，跟在东京街上被人抱着散步的宠物狗一样多。多伦多和渥太华，安大略省两大城市相距大约五百公里，但是以东方标准算得上城市的只有两座：Kingston 和 Oshawa，而两个市的人口都不到十五万。（相比之下，东海道小城丰桥市的人口就有三十五万。）

地大人少，就是加拿大。有一次我从卡尔加里坐朋友开的车前往太平洋岸温哥华岛，在 BC（British Columbia，英属哥伦比亚）省山区看到的交通指示牌说：到下一个加油站有五十英里，那等于八十公里呀。一路上连加油站都没有，更不用说餐厅、商店、银行了。万一没有了汽油，那还得了。

我们在那附近的小镇访问了一对嬉皮夫妻。他们靠政府补助金养育着两个小女孩，穿的衣服全来自救世军（Salvation Army），却打算翌年全家开车横越加拿大，到一万公里之外，大西洋边纽芬兰岛玩去。为了大旅行，他们做的准备出乎我意料之外。丈夫手工做了风干水果的设备。木头箱子里设置了几层铁丝网架子，上边摆着水果片，由下边的小型电风扇吹干成保存食品。妻子给我们看了她已经做好的几十瓶水果干，例如：杏子、桃子、梨子、苹果等。

对加拿大人来说，开车横越北美大陆并不是异想天开的梦。我在多伦多认识的好朋友就是一个人开车搬到温哥华去的。很多加拿大人退休以后的梦想也是开露营车周游整个北美大陆，一会儿去太平洋，一会儿去大西洋，到了冬天则去墨西哥湾佛罗里达半岛迈阿密避寒。所以，BC省山区的嬉皮家庭计划去大西洋旅行也没有什么好奇怪的。只是，我万万没想到，作为长距离旅行的准备，他们要着手做的第一项行动竟然是用手工机器来风干水果。

加拿大最著名的女性主义小说家Margaret Atwood曾写道：加拿大文学的本质在于survival（生存、幸存）。她说：加拿大人的祖先从欧洲老远到北美洲来开拓新世界的时候，他们所面对的最大挑战是如何在北国严厉的气候里维持生命。从那时候起，生存之艰难几乎刻印在每一个加拿大人的遗传基因上，想忘也忘不了，因而也成为加拿大艺术最根本的主题。

BC省山区的嬉皮夫妻是不折不扣的加拿大人，始终没有忘记生存就是最初得解决的根本问题。所以，当他们策划长途旅游的时候，首先考虑到的是如何储存食物。这是早已都市化的日本人绝不会有的思路。我们为长期旅游做准备时，首先想到的一定是：要存多少钱？但是，那嬉皮夫妻似乎想都没想过钱的问题似的。也确实有道理，想一想，在前方八十公里连加油站都没有的环境里，有钱，却什么也买不到！

移民和旅行

> 当时我是个移民，已经离乡背井一次了，再离开加拿大去外地旅行，感觉上犹如自己会成为断了线的风筝，不知要飘到何处去。

不少加拿大人坚持说：我不喜欢旅行，我不旅行。他们往往是从其他国家来的移民。

有位斯洛伐克出生的先生，我认识他的时候，已经在加拿大居住了十多年了。他大概跟米兰·昆德拉的小说《生命中不能承受之轻》的登场人物们一样，一九六八年苏联军占领捷克斯洛伐克后离开了故乡的。来到加拿大以后，他在事业上相当成功，在多伦多市区东部的沙滩地区，也就是安大略湖边，买下了一栋房子，当作一个人生活的住房兼办公室。在他书桌后边是一面大玻璃窗，直接面对着浅蓝色的天空和深蓝色的湖水，简直是一幅写实派绘画。他说：“日常生活中实现了度假一般的环境，再也不必放假去外地旅行了。”他也不打算结婚，只要有固定的女朋友陪他去看歌剧就行。为了找合意的对象，他每周六仔细查看当地的高级报纸《环球邮报》刊登的征友启事。我有一次问过他：“你幸福吗？”

他的回答教我永远也忘不了。他说了："只有女人和狗猫追求幸福。男人呢，只要能够满足，就可以了。"

日裔加拿大朋友樱子交上了丹麦出生的男朋友，有一年十二月飞去对方老家一起过圣诞节。回来她告诉我，丹麦的圣诞节就像安徒生在童话《卖火柴的小女孩》中描写的那样子。全鸭的肚子里填满了水果栗子等，烤熟后鸭肉带着水果的香味真好吃。哥本哈根城的风貌则像丹麦向全世界出口的儿童玩具 LEGO，大楼、房子的形状和颜色，都像玩具似的很可爱。人呢，挺不错的，蛮开放，很多人都会讲英语。气候虽然冷，但也不会比加拿大冷吧。总的来说，她对丹麦的印象相当好，而且她和男朋友之间的感情着实挺深的。可是，最后，樱子却决定不去丹麦跟他结婚。

"你知道，"她叹了口气解释道，"我是六岁陪父母从日本移民到加拿大来的。开始的几年很辛苦啊，不会讲英语，不理解当地风俗，当然也没有亲戚朋友。上了中学以后，我才开始觉得自己是加拿大人，能够无拘无束地过日子。可是，做了加拿大人，就很难保持日本人的传统文化了。于是从高中时代起，我前后三次回日本去留学，为了好好补习日语，也为了集中阅读日本文学。丹麦男朋友就是我在东京念书时候的同学，跟我很合得来，愿意娶我。但他是个独生子，一定要回丹麦，在父母家附近生活的。而我呢，家里有弟弟，我离开父母问题都不大。可是，搬去丹麦学丹麦话，就等于重新做移民了。我不禁想起刚到加拿大时吃过的苦头。一个人在一辈子里做了一次移民不就足够了吗？我不要再一次做移民。”

去旅游一段时间，和移民去外国定居，乃截然不同的两码事。不过，曾经做过移民的人，似乎对旅行不大容易寄予浪漫的期待。那也是我在加拿大的日子里，每次去旅行都心情稍微沉闷，无法百分之百快乐起来的原因之一。当时我是个移民，已经离乡背井一次了，再离开加拿大去外地旅行，感觉上犹如自己会成为断了线的风筝，不知要飘到何处去。

樱子最后跟加拿大人结婚成家，选择了落地生根的人生道路。至于斯洛伐克先生，我猜想他现在仍旧一个人住那房子，在安乐椅上坐着观看写实派绘画一般的湖泊风景。

魁北克的暑假

> 所以，我还以为自己对魁北克省有一定的理解。然而，在狼河车站下车后，我却发觉：原来抵达了完全陌生的地方。

一九九一年夏天，我在魁北克省的一个农村上了为期六个星期的法语进修班。那是搬去加拿大以后的第四年，经历过三种不同的工作之后，我重新回学校（多伦多怀尔逊理工学院）开始专修新闻，并学习初级法语的时段。

加拿大联邦政府的官方语言是英语和法语。在加拿大全国，市场上卖的每一样商品后面都一定有用英、法两种语言写的说明书。但是，在日常生活中，使用两种官方语言的人少之又少。以我居住的安大略省为例，省政府（位于多伦多）的通用语言只有英语，虽然很多居民从小学开始学法语，但是大部分人的水平不比日本人的英语好到哪里去。我在新闻学院法语班的同学们，人人都有过几年学法语的经历，可是他们几乎什么都没有记住，所以被分配到跟我同一个初级班来，要从最基础的开始学起。

学校放暑假之前，老师在教室墙上贴了一张海报，是联邦政府教育部为全国的大学生举办的语言进修项目：让法语地区的学生去英语地区学习，也让英语地区的学生去法语地区学习，学费和住宿伙食费全由政府负担。那年夏天，暑假长达四个月，我原本没有任何计划。参加这项目去魁北克一个半月的话，既能学法语又能免费旅行，不是非常好吗？于是匆匆报名，顺利地被录取，五月中就向魁北克出发了。集合地点是魁北克省会魁北克市的北边，名叫 Rivière-du-Loup（狼河）的小城市，人口大约一万三千。

加拿大的铁路时代已走进历史，主要交通工具早就从火车变成了汽车和飞机。连接各大城市的路线，虽然还留下一些，但是火车班次非常少，有时相隔几天才开一班车而已。所以，我跟加拿大朋友们去外地旅行，也一般都开车去，远一点则搭飞机。但是，这一次，非得一个人去不可，而且我本人既没有车又没有驾照。幸亏，在安大略省和魁北克省之间，火车班次还算比较多。我查看时刻表得知，从多伦多可以乘火车经过蒙特利尔一直到狼河去：到蒙特利尔要五个半小时，换车到狼河城则要六个小时，一趟总共十二个小时的长途旅程。

蒙特利尔我之前去过几次：比多伦多大而繁华的欧洲式大都会；全加拿大唯一说得上是英法双语的城市；到处有露天咖啡厅供应大杯的法式牛奶咖啡，街头超市都卖葡萄酒（在多伦多，非得去政府直营的专卖店，否则连啤酒也买不到）；到了晚上街边点起粉红色、豆绿色的霓虹灯。总的来说是魅力十足的大城市。至于魁北克省会，我之前也旅游过一次，简直跟历史绘本一般的精致古老小城；不仅旧市区，连郊区农村都是非常有吸引力的观光区；居民几乎清一色是法裔人士；日常饮食以盐分很高的老派法国菜为主；不普遍使用英语。

所以，我还以为自己对魁北克省有一定的理解。然而，在狼河车站下车后，我却发觉：原来抵达了完全陌生的地方。这儿与其说是小城市，倒不如说是大村庄，好像多数居民都从事林业，行人都是樵夫模样，而且只讲口音很重的法语。我站在街头不知该去哪里吃饭好，幸亏看到有特别眼熟的M字招牌，进去要了汉堡和热咖啡坐下来，才松了口气。

第二天去城里的大学报到，跟来自加拿大各省的几十名同学们见了面。有人从太平洋边的BC省来，有人从大西洋边的纽芬兰省来，也有人来自中西部大草原或落基山脉。负责法语进修班的老师告诉我们：今天大家一同去邻近的农村，分开在当地民房安顿下来，从明天早上起，在当地小学教室里上课。

那农村叫做圣帕斯卡，人口大约五百，位于圣罗朗河右岸。只有五百人住的村庄，马路也只有一条，正中央矗立着天主

QUEBEC 房东亲子
魁北克州圣帕斯卡的杜梅家，太太和大儿子。

教堂，乃全村最显眼最豪华的建筑，一看就知道是小区生活的中心。我被分配到工人杜梅先生家住。他四十岁上下，身材瘦小，头发已掉了一半，鼻下留着胡子，为人温和。家里还有太太和两个小学男生。一家四口人都只会讲魁北克腔调的法语，每天打开电视机看配了法语的美国连续剧和卡通片。

魁北克的历史蛮有意思。从法国来的农业移民，一七五六年法国在英法战争中失败以后，失去了跟祖国的联系，却在北美大陆把法国农村文化保存下来，几百年一直坚持不被英裔同化。圣帕斯卡的居民也是第十几代的法国老移民，每家有家谱，可以追溯到第一代的祖先。田地是祖先迁入时分割的，为了灌水方便，每一块都面对着圣罗朗河，然后往内陆呈特别细长的四方形。从上空看来，好比在河边摆着多双筷子。这区几百年都没有改变过。因为这一带离河口不远，水质符合养殖鳗鱼，听说附近有养殖场。

杜梅先生家的房子是又小又简单的两层楼。一楼有厨房兼餐厅、客厅和一个卧房。二楼有两个卧房。主人夫妻和孩子们住楼上。两个男孩睡的床边挂着圣母的肖像和十字架。我和两个女同学，三个人一起住在楼下的卧房。小房间里勉强摆了三张小床，非常拥挤，连打开行李箱的地方都没有。我的同房是三十八岁来自BC省小镇的葆拉和二十二岁来自新苏格兰（Nova Scofia）省会哈利法克斯的苏珊。两个人的经历和性格可以说正好相反。

葆拉本来是美国人，通过杂志的笔友介绍栏跟一个加拿大人结识，经多年通信后嫁了过去。谁料到那笔友原来是个不可救药的酒鬼，在几年的婚姻生活里，葆拉饱尝了做酒鬼老婆的苦头。后来，她带着女儿离婚，为就业，上了当地大专的建筑系学习用计算机绘图的技术。那年夏天，葆拉把女儿托给朋友，自己来魁北克参加法语进修班。她说人生最大的乐趣是，周五晚上在浴缸里装满热水，悠闲泡着刮腋毛、腿毛，然后穿上荷叶裙去附近酒吧跳二步舞（two step）。我之前不知道二步舞是什么，后来听葆拉讲而慢慢理解，那是北美的乡下男女随着乡土及西部音乐跳的一种交际舞。记得有一次，她看着我的脸，忍不住喊了出来：“You look so out of place.（你显得太与环境不符。）”

苏珊是哈利法克斯富裕牙医的女儿，白净的皮肤，金色的头发，整个人像法国娃娃一样漂亮。我有一次在蒲公英开得缤纷灿烂的草地拍过苏珊的照片。她伸腿坐在草地上微笑的样子好比是美国校园连续剧里的镜头。她有巴西出生的性感男朋友，打算大学毕业以后两个人一起去圣保罗住。我问过苏珊有什么爱好，她回答说是吃 gourmet food，即在高档超市购买高价美食带回家跟男朋友享用。

从周一到周五，我们上半天的法语课，中午回来吃饭后，自己复习或出去外面散散步。晚上，不少同学聚在村里唯一

SUSAN AND ME

在圣帕斯卡学法语时候的同屋苏珊，一起坐在满地盛开的蒲公英上。

ST.LAWRENCE RIVER
圣罗朗河下游。

的酒吧，说是彼此练习法语，实际上就是喝到醉。周末，坐公共汽车去魁北克省会逛街、购物，跟当地异性认识认识。有时候，跟房东一家人去村里的教堂望弥撒，然后跟众教徒一起在附设的餐厅吃自助餐。礼拜天去教堂的时候，村民都穿上衣柜里最好的衣服，连小学男生都系蝴蝶结。天主教教堂不仅是魁北克村庄的宗教中心，直到二十世纪中也是政治中心，历来又是文化中心。跟朴素的村舍比较，教堂的建筑华丽得简直像天堂，进到里面就能接触到欧洲正统的绘画、音乐、历史、文学。对圣帕斯卡的居民来说，每周一次到教堂，就好比是烧香加上参观美术馆、听音乐会、见心理治疗师，之后举行大规模的小区宴会。

杜梅太太在一双大眼睛上戴着一副大眼镜，总是显得大吃一惊的样子。每天三餐的饭菜，她都是用天然材料亲手做的，几乎不用加工品。魁北克人的主食是马铃薯泥，日复一日，她每天至少一次，有时两次，削几个马铃薯的皮后放进锅里煮熟，然后加一点牛奶和奶油，捣碎几分钟到呈糊状为止。魁北克的家常便饭，乃在一个盘子上有肉、蔬菜、马铃薯泥三样东西。饭后吃的甜品，杜梅太太也自己做。最常上桌的是砂糖派，在酥皮饼上面撒了点糖粉后放进烤箱便完成。

有一种魁北克菜叫做 Pâté Chinois，即“中国派”，杜梅一家人常常跟我开玩笑说：“啊，你就是中国派！”“中国派”的做法，其实跟英国菜 Shepherd's Pie，即“牧童派”很像。下层铺炒肉末，上层放马铃薯泥，魁北克菜的特点是中层放奶状玉米，最上面撒些起司后烤一烤即可。据杜梅家人的说法，这道菜之所以叫做“中国派”，是最上面融化的 Cheddar 起司颜色深黄，看起来挺像中国人的脸孔。我觉得：乡下人的种族歧视好天真。

往爱德华王子岛

本来有许多的旅伴，在路途上一个接一个地离队，最后剩下的寥寥无几，恐怕是我也该回家的时候了。

六个星期很快就过去了。我的法语虽然还说不上很流利，但至少在那年暑假里，勉强能够跟魁北克人、法国人沟通（我八月到巴黎跟家人见面，实地尝试过）。法语班结束后，有些同学要去大西洋玩一下，我也顺便搭上车跟他们一同往东走了。

从圣帕斯卡，先去新布仑兹维克省，经过首府Fredericton，到了圣约翰市。那里有个女同学的父母家，让我们住宿一夜。没抵达之前，她已经告诉我们：港口城市圣约翰以雾出名。果然，我们的车一开进该市，眼前就模糊得什么都看不见了。真神秘。

这儿离美国缅因州边境很近，新英格兰气氛相当浓厚，同学父母住的房子是典型的殖民地风格设计，把电影《飘》里的宅邸缩小下来的样子。我们到博物馆参观有关当地历史的展览而得知，原来圣约翰的多数居民是美国独立战争时站

加拿大大西洋州
从魁北克开车往大西洋。

在英国一方，离开美国而来到北方英国领土的保皇派。在玻璃陈列柜上展览的物品中，我发现一个有趣的东西，乃瓶颈部装了玻璃球的汽水瓶，不由得喊了出来："啊，Ramune 瓶子！"我从小在日本很熟悉的 Ramune（乃英文 lemonade 的讹音）瓶子，出国后从没看到过（后来我去台湾苏澳买的冷泉汽水就装在那种瓶子里）。往瓶子里灌入汽水，颈部的玻璃球自然上升从里面密封，除非从外部使劲压进去不会漏水。原来，那种瓶子早在独立战争时期的美国已经有了。

离开圣约翰后，我们经过新苏格兰省会哈利法克斯，再前往浮在北大西洋圣罗朗湾里的爱德华王子岛首府沙罗特镇。这里是 Lucy Maud Montgomery 于一九〇八年问世的少女小说，也是我小学时候最崇拜的文学作品之一《清秀佳人》

红发安妮之家
《清秀佳人》是我从小爱读的孤女小说，二十年后终于有机会访问在小说里她居住的绿尖顶屋子。

(Anne of Green Gables)的故事背景。小小的爱德华王子岛，到处都是平坦的绿色丘陵，人们住在三角屋顶的木造小房子，遍布于广大牧场的众多牛马整天都慢慢吃草。总的来说，现实风景跟小说中的描写一模一样。

我平时住在多伦多，感觉位于大西洋的爱德华王子岛非常遥远，几乎没见过来自P.E.I.（Prince Edward Island）的人，但听说过那儿是全加拿大面积最小的省份，也尝到过超市卖的P.E.I.产的红皮小马铃薯。当年我每次在生活中遇到麻烦的事，都有这么个白日梦：不跟任何人打招呼，悄悄离开多伦多而搬去爱德华王子岛，隐匿着之前的来历，在小餐厅当店员，白天少跟别人说话做神秘的东方女人，晚上则在自己的房间里写点文章——就这样过后半辈子。不过，实际到了当地以后，我发现，P.E.I. 真是个小地方（全省人口十三万八千，总共只有七个村镇），大概很多居民都彼此认识，恐怕很难找地方躲藏起来。再说，全岛最大的观光地“红发安妮之家”，来访的大多是老远从日本来巡礼的书迷，搞不好我就当场被熟人碰见。

本来有许多的旅伴，在路途上一个接一个地离队，最后剩下的寥寥无几，恐怕是我也该回家的时候了。从爱德华王子岛，经过新布仑兹维克省，以及魁北克省，回到安大略省，至少要开三天的车。跟悠哉游览的去路不同，回程是一路疾驶。中午在小餐厅吃汉堡、热狗、披萨等，晚上停在路边的汽车旅馆过夜。

在日本，汽车旅馆是爱情饭店的别名，有色情的想象。在加拿大情形可不同。在省际公路上开长途车的司机，到了晚上感觉累了，要停下来睡觉的地方就是汽车旅馆。无论在哪里，设备都很简单：除了接待处和简单的餐厅以外就是客房，里面除了浴室，就只有床和电视机，如此而已，根本没有独特的风格可说。

在公路边，经常看到一家连锁饭店的广告招牌，大概是稍微高级的汽车旅馆之类吧，但是也有挺可怕的名字：Journey's End，即“旅程的终点”，听起来像人生终点站，令人联想到死亡。

路途上的风景很单调，好长时间两边只看得见森林，偶尔开过的小镇，都有同样几家连锁店：加油站、M字招牌的快餐店、“加拿大轮胎”五金商店、百货公司、超级市场。无论在哪里都是那么几家，丝毫没有变化，单调到极点，这样的环境，不会让车上的人心情特别舒畅，反而容易产生有点不正常的心理状态，一不小心大家就会彼此吵起来。我不禁回想过去几次在北美大陆长途开车的旅行，几乎无例外地，最后都不欢而散。

同时，我也想到，电影片的一种Road Movie，即“公路电影”，是有北美省际公路那样的背景才能成立的。为了从旁边的人移开视线，我故意看路边，又有那Journey's End的招牌了。于是，我心想：开车在北美公路上，迷入电影世界可容易了，无论是公路电影，还是恐怖电影。

流亡者的迷宫

中欧

流亡者的故乡

> 假如一直旅游，难道不是像风筝断线那样，将要永远飘浮于太空间？自由旅行什么时候变成无期漂流，甚至无期徒刑，连自己都没有把握。

从二十几到三十几岁，我曾拥有过用不完的时间。当年我不属于任何公司企业，是无拘无束的自由作家，而且一个人住国外，身边没有家人亲戚，过的是没累赘的单身生活。因为收入不多，所以谈不上什么单身贵族，可是以自由时间的多寡为准，确实比世界上多数贵族还富裕。不管要放假多久去哪里，都不必取得任何人的同意批准。拿张单程机票走的话，按逻辑，能够游玩到用完全部财产为止。

自由吗？确实很自由。快乐吗？我倒觉得坐立不安。假如一直旅游，难道不是像风筝断线那样，将要永远飘浮于太空间？自由旅行什么时候变成无期漂流，甚至无期徒刑，连自己都没有把握。幸亏，旅游公司卖的来回机票一般都有时间限制，在一定时间内得回到出发地。于是当年我去旅游，尽可能买来回机票。有一年春天，从居住地多伦多去“中欧”旅行的一次，也不例外。

捷克、斯洛伐克、匈牙利等国家，直到一九八〇年代末曾叫做“东欧”。那不仅是地理上的划分，同时也是政治阵营的名称。经过一九八九年的天鹅绒革命和柏林围墙倒下，社会主义阵营崩溃；自从第二次世界大战结束后一直被苏联控制的“东欧”卫星诸国，也纷纷采用民主体制，并恢复使用“中欧”这历史性名称了。

冷战期间的多伦多曾有许多流亡捷克人居住。他们跟米兰·昆德拉小说《生命中不能承受之轻》之登场人物们一样，一九六八年，当苏联军坦克车开进捷克的时候，抱着悲伤的心情离乡背井的。事后二十年，他们的生活方式犹如超长期的旅行。因为捷克的教育水平很高，他们在流亡地也一般从事白领职业，经济上属于中产阶级，但是往往选择租赁房子而不肯置产。再说，双双逃出捷克的同胞夫妻当中，不生育后代的人也相当多。结果，实际年龄到了四十几、五十多岁，给外人的群体印象却如超龄学生，是他们把流亡当作“暂时性”生活的缘故，好比真正的生活是回到故乡以后才会再开始似的。

然后发生了一九八九年由剧作家哈维尔领导的天鹅绒民主革命。流亡捷克人个个都好兴奋，好骄傲。很多人相隔二十年回到故乡，跟家人朋友团聚。其中不少也马上在布拉格购买了房子。他们开始过真正生活的条件终于成熟了。

可是，一时的兴奋过去了之后，他们多数人还是回到多伦多来了。究竟是为什么，大家不大愿意谈。也许是二十年的分离在他们和亲人之间造成了难以逾越的鸿沟。也许是习惯了北美式生活以后，很难再适应古老欧洲的种种。也许他们发现了过去二十年在流亡地一天一天过来的日子，才是真正的生活。

总而言之，拖长的青春期要告一段落了。多伦多的流亡捷克人小区开始解体。一对又一对夫妻申请提前退休而搬去加拿大乡下买土地，开始过起自给自足式的半农民生活。“这么大的土地，在欧洲是绝不可能拥有的。”曾做过会计师的米罗舒说。“既然在加拿大落地生根，应该学会欣赏冬天吧。”他太太汉纳在多伦多做了二十年的护士以后，才开始练习越野滑雪。我忘了昆德拉怎样写《生命中不能承受之轻》结局的；不过，就现实而言，始终没有结局这回事，人生故事永远要继续下去。

多伦多是移民城市，一半居民是生在国外的。离乡背井的原因，人人不一样：战争、革命、贫困、家庭不和。无论如何，要是在家乡过的日子很幸福，谁也不会考虑移居外国。在这意义上，移民和难民之间，并没有本质上的区别。我刚到多伦多的时候，被一个英文教师称为“文化难民”，一时心里很不好受，但也找不到反驳的理由。（若是现在，我则会说：“请老师少管人家的闲事。”）

对每一个人来说，不幸是偶然的，故乡山河之美才是必然的。在国外过着流亡生活的人们，个个都讲到自己的家乡多么漂亮，妈妈做的菜多么好吃，故乡的人情多么浓厚温暖。退休到安大略农村的米罗舒和汉纳也不停地告诉我：古老的波希米亚多么美丽，布拉格的历史遗产多么丰富。他们劝我去一趟。

所以，还没去中欧之前，在我脑海里已经有好几层的故事：以莫扎特的钢琴曲和德沃夏克的交响乐为背景，卡夫卡讲述的历史社会和昆德拉描写的人生情感，以及不久前在电视上看过的民主革命，和朋友们谈的亲身经历等。既然拥有用不完的时间，我可以去很久。但我还是购买了有时间限制的来回机票。

阿姆斯特丹的休假

当我们坐飞机去外国之际，往往顿时失去现实感。这儿是什么地方？现在是什么时候？好比跳入了影片中一般的感觉，无疑是旅游乐趣之一。

波希米亚人米罗舒说：从多伦多去中欧，最好搭荷航班机先到阿姆斯特丹，然后转机去维也纳，接着坐火车前往布拉格为好。他也向我推荐了一家维也纳饭店。我只留意他告诉我的路线，而把饭店名称故意忘记了，因为不希望有人知道我住在哪里。

荷航飞机着陆于阿姆斯特丹后，飞往维也纳的班机起飞之前，本来有四五个小时的等待时间。我向机场工作人员打听一下便得知，其实可以离开机场去市区观光，也不需要办任何手续。原来，在欧洲大陆，机场早失去了国境的意义，跟火车站没有本质上的区别；这和四周被大海围住的岛国之常识完全不一样。

我从机场坐二十来分钟的电车到市内去。首先吃惊的是荷兰人的个子高到不寻常的程度，无论男女老少都有一米八、一米九。身高一米六一的我在这儿简直是个小矮人了，真像走进了《格列佛游记》里的巨人国似的。火车站旁边的书店，卖的英文书和荷文书几乎一样多。（那是张戎的《鸿》在全世界畅销的一年；书店里显眼位置摆着英、荷两个版本。）我匆匆买下英文的阿姆斯特丹旅游指南书，经翻阅决定，去凡·高美术馆和安妮·法兰克之家。两位都是我从小熟悉的历史名人。

先到的凡·高美术馆，里面陈列的当然全是大师的作品了，著名的自画像、向日葵、星星下的咖啡厅等都有。倘若运来东京办展览的话，肯定出现人山人海，走到最前面看谈何容易。但是，这里倒没有几个人。每一幅画我都能独占鉴赏到心满意足。

接着，要走路去安妮·法兰克之家。根据地图，我走过的是合法大麻酒吧集中的地区。荷兰政府不取缔大麻，因为对健康损害不大，而且通过合法化能够压制国际走私。阿姆斯特丹到处都有运河，脚下永远是水面，水边的房子又细又长就像荷兰人。

我小时候看过《安妮日记》，被聪明开朗的小作者迷住，也受悲惨结局的冲击，但是始终不大能相信那是真人真事；与其说我质疑《安妮日记》之真实性，倒不如说现实之残酷远远超过了少女的想像力。水边盖着一整排的细长房子，安妮之家就是其中一栋，跟两边隔壁的房子相比，一点也没有特别之处。残暴的纳粹党横行霸道的年代，好心的居民把无辜的犹太家族隐匿了很久的地方，果然是这么平凡、毫不起眼的普通民房。我走上狭窄的阶梯到二楼去；里面的展览室是很朴素的小房间。再爬上更狭窄的阶梯到安妮一家躲藏的阁楼，则是更小、更简单的空间了。超过想像力的悲惨史实和极其平凡的现实之对比，使我说不出话来，全身松软麻木一阵子。

当我们坐飞机去外国之际，往往顿时失去现实感。这儿是什么地方？现在是什么时候？好比跳入了影片中一般的感觉，无疑是旅游乐趣之一。我本来没想到能够在阿姆斯特丹游览，所以意外地得到了几个小时的休假时，好比领取了红包似的兴高采烈。然后到市内，被高大的荷兰人围住，亲身经验格列佛在巨人国的感觉。接着去的凡·高美术馆更如走进了画册般。最后去的安妮之家，却把我彻底拉回到现实中来了。是的，我在曾经被纳粹占领的荷兰，离六百万犹太人遇难不到五十年的二十世纪末，再要去冷战刚结束，从历史森林正在重新显现的中欧。回到机场，我在候机大厅吃到了两样外馅三明治（open sandwich），一种是鲱鱼，另一种是鳗鱼，都为熏制，别有风味。跟荷兰产 Heineken 啤酒一起吞下，是难得的美味。我边尝边想：人为什么去旅游？是为了忘记现实？还是为了面对自己？在阿姆斯特丹的休假，虽然短短几个钟头而已，却教我深思世界历史上的经纬这问题。

维也纳的小公主

她也许跟我一样，从小向往欧洲小公主，不知不觉之间到了背后被别人说成老处女的年龄，仍然不能放弃多年来的梦想。

从阿姆斯特丹坐飞机去维也纳用不着几个钟头，可是一下飞机我马上发觉文化环境很不一样。我当时住在加拿大，生活习惯相当北美化，见谁都条件反射地自动微笑一下。在维也纳机场坐巴士时，我也自动来了那北美式的微笑。但是谁料到，年轻男性司机板着脸，连看都不看我一眼。我想起来：维也纳曾经是哈布斯堡家族统治的奥匈帝国首都，也就是逼迫小公务员卡夫卡演变成荒谬小说家的官僚王国。我去机场里的住宿介绍所，付点钱给官僚模样的工作人员，订到了市中心小饭店的一间房，一晚房价大约一百美金。

欧洲的饭店都相当贵，而且一般来讲房间也很小。维也纳这一家，虽然地点很方便，但却位于普通民房的阁楼。房间里除了一张单人床以外，没有任何设备，也没有剩余的空间。从窗户望向外面，只看见邻近房子的屋顶而已。

这样的房间，我在巴黎等其他欧洲城市也住过几次，每次都想起美国女作家伯内特写的小说《小公主》，是我小时候着迷的孤女文学作品之一。故事背景是十九世纪伦敦，身为富家千金的莎拉本来是寄宿学校的优等生，然而父亲在海外失去全部财产且在失意中丧命以后，女校长把她视为眼中钉，命令她离开学生套房而搬进阁楼去，从此过女佣般的悲惨生活……莎拉的遭遇令人同情，但不知怎地，令小时候的我无限羡慕。尤其是她住的那小阁楼，虽说破烂但竟然有壁炉，多浪漫！

维也纳的城市设计呈现出欧洲人的文明观：人类跟大自然是完全对立的。城里的马路都很狭窄，两边的中层房子都是一个样，有点强迫性的整齐，能看到的蓝天非常小，给人快要窒息的感觉。然后，忽然间走进特别宽阔的广场，中间矗立着华丽的天主教堂，尖塔像要刺透天空似的。

我在维也纳逗留几天，除了观光市内郊区的名胜古迹以外，晚上去看了国家歌剧院的演出。一个人旅游的一个好处是，多数演出当场要票也一般都买得到。那晚我得到的座位，好像是院方早就为日本游客划好的，一整排的观众全是日本人。大学生模样的年轻服务员也会说几句日语，递给我日文的节目简介。我旁边坐着一个日本女游客，年纪明显不轻，却穿着法国娃娃一般的淡橙色礼服；她也许跟我一样，从小向往欧洲小公主，不知不觉之间到了背后被别人说成老处女的年龄，仍然不能放弃多年来的梦想。

最令人难忘的是古早风格的维也纳咖啡馆。跟气氛开放的南欧式露天咖啡厅正相反，维也纳咖啡馆是封闭的，室内设计又多采用深褐色，气氛很沉重。我发觉，二十世纪中期曾在东京特别流行的文化咖啡馆之原始意象，果然来自维也纳。文人模样的老板一杯一杯地细心泡着咖啡，倒进精致的欧洲陶瓷杯里，慢慢喝起来，味香浓郁，苦涩过瘾，跟美国连锁店提供的咖啡是截然不同的品味。店里的玻璃柜中始终摆着几种甜点，其中少不了大名鼎鼎的巧克力蛋糕（Sachertorte），不愧为世界名点之一，跟浓咖啡一起含在嘴里，恐怕小孩不能理解这滋味，该说是大人的甜品了。

我坐在小公园的长椅上，看见装扮整齐的老妇女从对面的公寓大楼走出来。她好像没有明确的目的地，只是要在街上随便散散步的样子，但仍旧穿着一看就知道料子和做工都很不错的套装，也戴着礼帽。真是优雅极了。可是，她的心理状态显然不是那么好；眼神不亮，边过马路边不停地在嘴里自言自语。走进公园，她从提包里拿出点饼干，开始喂鸽子。接着，就在我旁边的长椅上坐了下来发呆，很长时间都没有任何动作。她的视线不跟任何人接触。后来，我每次想起维也纳，就想起那位老太太。

布拉格的忧郁

人类历史上最恶劣的罪行发生的地方，看来却一点也不像地狱，反而像很现代化，很干净的工厂什么的。

从维也纳到布拉格，我是坐国际火车去的。奥地利和捷克共和国之间的国境，在一九八九年以前的冷战时代，曾是资本主义阵营和社会主义阵营之间的境界。我那一次的旅行，还是在冷战结束后不久，一九九〇年代初期的事情。虽然已经没有了两阵营互相对立的紧张气氛，但是在国境两边，仍然一看就看得出来生活水平的差距。

在布拉格火车站下车，我本来打算照样到住宿介绍所去。然而，还没离开月台之前就被一个矮胖的老妇女盯住了。她双手拿着纸板做的牌子，上面写着“HOTEL”，显然是为自己的饭店在找客人的。她走过来跟我说话，可是不会说英文，我们只好用手势沟通。她提出的房价是一晚十六块美金，我觉得很合理，马上决定跟她走。

老太太带我坐地铁，然后又坐公共汽车，抵达了离市中心不远的一条街。石头盖的公寓大楼有好几层高，却没有电

ROOM OWNER
布拉格的房东老太太。

梯，非得走上去不可。安装在天花板上的电灯不是一直开的，而是我们走上一层，前边的灯会自然点上，后边的灯则自然关上的。大概有感应器吧。走到五楼之前，老太太得休息两次。看来她年纪有七十多，而且一条腿有点行动不便的样子。

当她拿出钥匙打开房门时，我终于弄明白，她原来不是开饭店、宾馆之类，而是把自己家里的房间腾出来给旅客住，以赚点零用钱的。一间公寓，大约有七十平方米（约二十一坪）左右，一进去左边有两个房间，右边有厨房兼餐厅，里头是浴室。门口边的一个房间似乎有人活动，但是一直没出来，好像是老太太的儿子在里头隐蔽生活。她打开门让我进去的房间里，除了一张行军床以外，有整排的书架和书桌，好像就是书房。书架上摆着马克思、列宁等社会主义经典，以及俄国文学作品。另外，有知识分子模样的中年男性的照片，我猜是老太太的已故丈夫。

GYPSY MUSICIANS
布拉格街头的吉普赛音乐家。

经过多次尝试后我确定，和老太太之间的共同语言只有德语。但是，我学德语是十多年前的高中时代，而且当时也并没有学好。还记住的几句话，如“我是个女学生”，早已不符合我的生活状况了，一点用处都没有。彼此之间的沟通完全不成立。但她对我是蛮好的，在厨房里倒土耳其式咖啡（小杯子底下有泥土般的咖啡粉），加大量的糖，给我喝。饭桌边有木头做的小炕，老太太白天当沙发，晚上则当床睡觉。

从老太太家，我每天出去观光，回来在同一条街上刚开张的咖啡厅坐一坐。资本主义传到布拉格来还没多久，街上处处可见老板亲自设计装潢的小规模商店、餐饮店。我去的一家具备着意大利制电动咖啡机，提供地道的 espresso。店名则叫做 Depresso，应该是 espresso 和 depression（忧郁）加起来的吧，别有味道，也挺幽默。以黑色为主的室内装饰特别酷，来喝咖啡的当地年轻人散发着大都会特有的忧郁气质。一个吉普赛模样的男顾客老坐在柜台边，我每次走过时，他都挥手吹口哨，让我非停一下不可。我不知怎地不能拒绝，也许是吉普赛魔法所致。

布拉格特别美丽，应该可以说是全世界最美丽的城市吧。中世纪遗留下来的老建筑到处都在，市内几处丘陵亦提供独特的视野角度，居民的审美标准也明显很高。捷克传统的波希米亚玻璃杯子华丽极了，老太太家的柜子里也陈列着两套；我很想要，但是考虑到接下来的旅程而没有买，结果事后几年都后悔不已。布拉格有古老的教堂、壮丽的城堡、莫扎特本人曾弹过钢琴的酒吧、卡夫卡家的坟墓，以及一九八九年天鹅绒革命发生的地点，还有米兰·昆德拉小说留下的很多联想，整个城市充满着说不完的故事。其中有浪漫的，也有可怕的、哥特式的。当我被重叠多层的历史所迷惑而顿时发呆的时候，忽然来了一批吉普赛小孩，同时把手放进我上衣和裤子的几个口袋里。等到我被吓了一跳，大喊出来时，他们已笑嘻嘻地同时走开了。

在布拉格待的几天里，我也坐火车去了第二次世界大战时期，纳粹为了消灭犹太民族而设置了集中营的小镇Terezin。小地方的房子，不知怎地，大多都涂成蛋黄色，那可说是中欧的基色。空气里能闻到烧煤的味道，让我想起

NAZI CAMP
捷克共和国 Terezin 的犹太收容所，标语用德语写（劳动带来自由），令人不寒而栗。

中国东北。也许是我曾在东北也访问过二战遗迹的缘故。中国的战犯是日本人，中欧的战犯是德国人。到了旧集中营的门口，要买票进去，我跟当地人的沟通，又只好用拙劣的德语进行。

人类历史上最恶劣的罪行发生的地方，看来却一点也不像地狱，反而像很现代化，很干净的工厂什么的。发现这一点，我嘴里尝到胃液逆流的味道。回多伦多以后，我告诉捷克出生的朋友米罗舒，在布拉格的日子里去了一趟 Terezin，没想到惹得他大怒。他说：捷克共和国有无数的名胜古迹，都值得去参访，为什么偏偏要去德国人犯罪的地方？我没有跟他争论，但是心里很清楚：就是为了理解，在历史上、地理上，我站的地方在哪里。

Dumplings 之谜

> 我在布拉格的最后一晚，去火车站附近的歌剧院，充分享受了对于全身感官包括味蕾的飨宴。

捷克人的主食是一种蒸面包，看起来很像中国的馒头，切成圆片后放在主菜旁边一起吃。捷克菜的味道既咸又油，用一个词概括就是“重”，令人想起欧洲黑暗中世纪的“重”，而跟波希米亚玻璃的华丽轻巧一点也扯不上关系的“重”。总之，非得配上乏味蒸馒头否则很难下咽的。那种面包，在英文菜单上称之为 dumplings，跟饺子的英译一样，令人摸不着头脑。

后来，我从布拉格坐夜车，抵达了匈牙利首都布达佩斯，当地饭馆的英文菜单上都写着 dumplings，但这回不是捷克般的蒸馒头了。令人更加摸不着头脑的是，匈牙利人的主食 dumplings 是面疙瘩，而且是没有意大利面精致的纯粹疙瘩。

说起来也很奇怪，文化水平之高压倒全人类的老哈布斯堡帝国，为什么单单饮食文化就这么单调？吃的不是乏味的馒头就是不像样的面疙瘩？而且连提供不同的英译也懒得做？是否认为吃美味是宗教上的罪恶？但他们不是以禁欲主义出名的新教徒，而是跟快乐主义的法国人、意大利人一样的天主教徒。

不过，哈布斯堡帝国也不是没有美味。我在布拉格的最后一晚，去火车站附近的歌剧院，充分享受了对于全身感官包括味蕾的飨宴。首先，那座老建筑内外都壮丽如梦，令人大饱眼福，而且比维也纳国家歌剧院小得多，令人感到加倍亲切。其次，男女老少的观众们都穿上古色古香的礼服来，气氛跟节日一般喜气洋洋。其三，演出水平很高，而且观众反应极其热情；每一场结束后都重复谢幕好多次，结果一晚的演出从刚入夜起延续到深夜，花上好几个钟头。最后，幕前和幕间在大厅酒吧提供的酒水和小吃质量都一级棒！是香槟酒配上俄罗斯产黑鱼子酱三明治呢！而且价钱惊人的便宜！我敢说，捷克歌剧院酒吧是世界音乐厅之王。

所以，那晚我恨不得留到最后，尽情享受极致的款待。但是，去布达佩斯的夜车票早已订好，行李都寄存在火车站了。夜车离开布拉格后，子夜将经过不久前刚脱离捷克的斯洛伐克共和国，再往匈牙利去。布拉格车站的售票员说，即使光通过，都需要办斯洛伐克签证的，但是布拉格没有斯洛伐克大使馆。怎么办呢？好在我曾经在社会主义的中国大陆单独旅行过很多次，从经验知道对付荒谬情况的最佳方法就是：不理。因此，我上了火车卧铺后，马上闭眼睛睡觉了。

深夜里似乎有官员上车来说了什么，我都不肯起来，坚持两字方针到底：不理。

外面转亮，我终于拉开床边帘子时，火车已经开动在匈牙利国土上了。对面位子坐着四五个意大利人。他们是年轻的高中女教师和她的学生。其中只有女教师会说一点英语，至于学生们则全不会。在那年代的欧洲，英文的普及率实在不高。

火车到了布达佩斯，感觉犹如从中世纪回到现代。布拉格人口有一百多万，布达佩斯则有两百万。人口多一倍，城市规模则大上好几倍。布达佩斯原先是欧洲屈指可数的大城市，一八九六年开通的地铁在欧陆是最早的一条。布达佩斯火车站月台上，拿着“HOTEL”牌子的人比布拉格多出几倍，他们的态度也比布拉格的老太太积极果敢好几倍。有个二十多岁的女性已经抓住了几个客人，连我都抓住，一起送到小巴士上去。这家个人旅馆竟然有专车接送客人。可见匈牙利的资本主义比捷克发达得多。

上车后我才发觉，其实这家旅馆离市中心颇远，车子在山崖上一直开走了近半个钟头。“没关系的，我会早晚都接送。”年轻女老板用好几种语言向旅客们说明。她精通多种语言：英语、法语、德语、意大利语，当然也会说匈牙利语。“还有吗？”我问。“希伯来语。”她回答。原来，她是犹太人。

布达佩斯的鸡蛋头

此时我三十一岁，早已实现了从小的梦想远走高飞，可是谁料到，不知不觉之间好像闯进了自我放逐的一条路：想回去却找不到回程路，也记不起我该回到哪里去。但愿这不是死路一条。

布达佩斯郊区的个人旅馆，很像日本滑雪场的民宿：在简朴的房子里，有好几个小房间，房客几乎全是年轻游客。在楼下的餐厅兼客厅里，大家有事没事地坐在一起，聊天呀，吃点零食呀，拿起吉他唱唱歌呀。

我在中国念书的时候，有个同学出生于布达佩斯，据说是年轻时候躲藏在朋友开的车子后边的行李箱里，偷渡去西方的。我到中欧旅游之前，有机会跟那个同学通电话聊天，她给了我布达佩斯一个老朋友的姓名和电话号码。我在布达佩斯的旅馆放下了行李后，做的第一件事情便是打那个号码看看。接到电话的人同意我访问他的公寓。

位于市中心的公寓大楼，大概有一百年的历史了，设计特别壮丽，呈现出二十世纪初新艺术派的风格，足够证明往年哈布斯堡帝国的实力。布达佩斯曾是帝国内仅次于首都维也纳的第二大城市。直到二十世纪末，布达佩斯人还经常半认真半开玩笑地说："只要是维也纳人能做的东西，布达佩斯人也一定做得出来，而且价钱便宜许多。"同学的朋友打开房门让我进去，里面的天花板非常高，四面墙壁都用白色灰浆漆得干干净净，给人美术馆一般静谧的印象。这样的房子若在维也纳的话，一定至少值一百万美金了。我不知在布达佩斯会是多少钱。墙边安装的大书架，从下到上有好几层，好比是图书馆的藏书库。

他自我介绍说是作家、评论家兼杂志主编，并送给我他刚出版的英文旅游指南书，题为《BUDAPEST: A CRITICAL GUIDE》。作者的名字是Andras Torok。"这是鸡蛋头为鸡蛋头写的一本书。"他用流利的英语讲。"A book written by an egghead for eggheads."鸡蛋头？我之前好像没听过这个英文词。他解释说"鸡蛋头是知识分子的意思"，当然有诙谐和自谑的味道。

作家年纪四十左右，黑发分边，留点胡子，颇有知识分子的气派。他说："布达佩斯曾经是中欧的巴黎，经过社会主义时期的冬眠后重新醒过来，很多人要把它建设成现代化的大城市。可是，我本人倒认为，布达佩斯最好成为中规模、高水平的文化城市，例如阿姆斯特丹。"我马上想起在阿姆斯特丹机场吃的熏鱼三明治。他也说："外国人以为吉普赛音乐是匈牙利音乐，其实是天大的误解。”作家显然不大喜欢社交，全身散发出“并不欢迎来客”的信息，我得匆匆告辞了。好在对方给了我详细的旅游书，对理解布达佩斯很有帮助。

在语言学上，匈牙利语不属于欧洲语系，反而跟一些亚洲语言有共同点。我在布达佩斯街上、车站看路牌、指示牌，也无法从字眼猜测出意思。这情形和在维也纳、布拉格的经验很不一样；在那两个中欧城市，我至少能知道东南西北。可是，看匈牙利语的地图，连东南西北都搞不清楚。为了解读布达佩斯，我在书店买了一本匈英辞典，和鸡蛋头作家写的旅游书，一同起了很大的作用。

当时，匈牙利有许多从中国大陆来的移民，据说达七万，大多从事着买卖。郊区一处露天市场，有专门为中国商人划好的一块。他们坐西伯利亚铁路，把中国和俄罗斯的物品带到中欧来卖。他们看到我就热情地挥手，以为是同胞吧。路上的匈牙利人则个个都向我喊声：“Kinai！”原来是匈语“中国”的意思。

布达佩斯市内有好几处温泉，都可追溯到罗马帝国时代，建筑风格倒明显受着伊斯兰文化的影响。布达佩斯从十六到十七世纪曾经被土耳其人占领。自从罗马时代，欧洲人一直喜欢泡温泉。他们热爱温泉的程度，可从布达佩斯温泉浴室

BATH HOUSE
布达佩斯的土耳其式温泉馆。

和温泉公园的面貌看得出来。不仅建筑美丽，设备齐全，装修完善，而且提供各种按摩服务，顾客能享受到对于全身感官的第一流款待。

我每天从上午就去各个温泉点享福，发现除了当地人以外，还有不少德国人从老远来洗温泉浴。有趣的是，匈牙利人和德国人，脱下了衣服以后的裸体也很不一样。前者过了三十岁，大多是稍微肥胖的中年人模样；后者则往往保持着体育选手一般的紧实身材。在温泉公园，男女老少都穿上泳衣在大水池里一起泡，有些人还站在水里下国际象棋，棋盘是浮在水面上的。我本人还是比较偏好室内浴池。一丝不挂地一会儿跳进热水里，一会儿跳进冷水里，或者走进蒸汽室，在烤箱里坐一坐，没多久全身皮肤就跟小娃娃一样滋润起来。温泉浴室在市内至少有五处，其中二十世纪初新艺术风格建筑的Gellert浴室最为华丽。

从温泉出来，就去宫廷般优雅的咖啡厅。咖啡厅的规模之大，装潢之豪华，简直像哪里的王子召开舞会的场地，而且各种各样的纯正维也纳式点心做得跟珠宝一样精致漂亮。背景音乐当然是匈牙利圆舞曲了。这让我想起来，东京新宿等地曾有过设计仿西洋宫城的大咖啡馆如Etoile。原来，其原始意象也来自中欧奥匈帝国。既然有绝佳的温泉浴室和极好的咖啡点心店带来双重的幸福，即使匈牙利人的主食是不像样的面疙瘩，我也对他们不再有任何意见了。何况，傍晚在街上开门的葡萄酒屋，在温暖的气氛中提供世界第一流的Tokaji白葡萄酒，跟咸中带甜的Hungarian salami（匈牙利风味香肠薄片）一起吞下，保证对人生不会有更多的要求了，而且晚一点还有整天活动的最高潮：鉴赏歌剧。市内几家歌剧院和音乐厅，每晚都有不同的古典节目，让人能够以廉价欣赏高水平的艺术演出。真是难能可贵！

从我这一类度假客的观点来看，布达佩斯可以说是理想的去处。物价便宜，但是应有尽有：温泉、咖啡馆、葡萄酒屋、歌剧厅，以及滔滔流去的多瑙河。（我小时候在河合乐器公司举办的儿童音乐教室里跟一批同学合奏过《蓝色多瑙河》，在前排中间站着打木琴，二十多年后果然一个人在河边漫步，真是感慨万分。）布达佩斯唯一缺乏的是布拉格产的波希米亚玻璃杯。我恨不得再去布拉格一趟买一套。但是，如果那么做，说不定我将一直留在中欧，失去回加拿大的原因了。

此时我三十一岁，早已实现了从小的梦想远走高飞，可是谁料到，不知不觉之间好像闯进了自我放逐的一条路：想回去却找不到回程路，也记不起我该回到哪里去。但愿这不是一条死路。

热带的诱惑

南方

南方主义

> 旅游的本质，也许始终都是回避现实。憧憬热带岛屿之心，直到今天摆脱不了“南方主义”。

憧憬南方岛屿之心有违背道德的嫌疑。以移居南太平洋大溪地岛的法国画家高更为例，虽然作品中的热带女人很有吸引力，但那明显是野蛮的魅力。她们连衣服都不穿，跟欧洲文明世界沾不上边。

对近代以后的西方人来说，南方岛屿是殖民地的别名；当地居民的地位天生就比自己低。于是在英国作家毛姆的小说中，热带森林的居民是原始环境的一部分，跟大自然相融合而消失。使北国来的殖民者不时感到不安和恐惧的，恐怕是他们压抑在潜意识中的罪恶感。

长期以赶上西方为目标的东方人，不知不觉之间也受了那种“南方主义”的影响。一提到热带岛屿，大家就不约而同有一种成见、偏见：在美丽的海滩上，椰树随风飘摇，天真幼稚的土人过着朴素、快乐、原始的生活。北国人对南洋的想象简单如漫画。当然，热带的现实则复杂、丰富得多了。只是南下的旅人视而不见，宁愿留在自己头脑中的想象里而已。

旅游的本质，也许始终都是回避现实。憧憬热带岛屿之心，直到今天摆脱不了“南方主义”。北国旅人需要忘记难堪的现实时，便购买廉价的度假行程飞往热带，寻求大自然和土人提供的安慰。

选择古巴

我自认为是进步分子，要跟帝国主义殖民者划清界线的。还是去独立自主的古巴好！

那年冬天，多伦多特别冷。一日复一日，天气预报都说："计算寒风效果（wind chill effect）在内，明天将是零下二十五度。"加拿大的公寓，归功于中央空调系统，屋子里蛮暖和，穿着短袖衣服也不觉得冷。但是，往窗户外看，几乎没有行人，也不奇怪。若要出去，非得在两层衬衫上外加一件大毛衣，围上纯羊毛围巾，戴上毛帽，套上长手套，然后穿上羽绒大衣和防水靴子，否则会冻死。

在寒冷的日子里，加拿大人常常去南方避寒。有人开车去美国南部的亚利桑那州，也有人去佛罗里达海滩。往加勒比海岛屿的度假旅游团也不少。因为加拿大曾经是英国殖民地，人们对同样属于英国联邦的牙买加有亲切感，而且英文通用，所以最多人去。另外，中美的永世中立国哥斯达黎加治安良好，保持着颇佳的形象。不过，比较一下价钱，最有竞争力的倒是美洲唯一的社会主义国家古巴。当年去度假一周的费用，连机票加住宿，五百块加币都用不着。

自从二十世纪中的革命以后，卡斯特罗将军一直掌权的古巴，长期敌对一水之隔的美国。可是，和加拿大却保持着友好关系，有固定的飞行航线。听说，驻哈瓦那的西方外交人员不能去佛罗里达海峡对面的迈阿密购买日常生活用品，非得乘两个半小时的飞机到多伦多来逛百货公司、超级市场。对加拿大人来说，古巴并不是完全陌生的国家。尽管如此，要去度假的人还是不多。毕竟，在普通人眼里，古巴是个留着大胡子、穿着军装的领袖掌权的古怪社会主义国家。

在那寒冷的冬天，我决定去加勒比海一趟，主要是为了向严冬请假。我真想躺在热带沙滩上，被海风吹着尽情晒太阳。北国的生活使我全身都紧张透了，我深深感到放松之必要。不仅是身体，而且精神都需要放松。于是在旅行袋里，除了游泳衣以外，我也放了两本克里斯蒂的推理小说，在海边躺着看，会是蛮好的精神松弛剂。

至于目的地，弃牙买加而择古巴的原因有二。首先，古巴游的价钱更便宜。其次，牙买加在加拿大人眼里是典型的颓废南方岛屿：满街都是小乞丐、吸毒的邪教徒和放荡的男女，人人崇拜美元如神（多么严重的偏见！）。我怕去那里花钱享受有“政治上不正确”之嫌。我自认为是进步分子，要跟帝国主义殖民者划清界线的。还是去独立自主的古巴好！（我当年也觉得这样的逻辑过于单纯，有点滑稽，不过受着冷战思维的影响，至少一半是认真的。未料到，国际环境即将迅速大变化，令我这一代人永远怀念曾是那么简单、可爱，凡事二元对立的世界。）

飞机上的兰姆酒派对

飞机进入稳定飞行状态，机长向旅客的报告广播完毕后，机舱内突然响遍了小号喇叭和大鼓的声音，开始了热闹的古巴舞蹈音乐。

去古巴的廉价度假游，来回都利用古巴航空公司的班机。在多伦多皮尔森国际机场停机坪看到古航飞机，我马上理解到价钱便宜的原因何在。机身破旧得可以，显然是哪个国家的航空公司作废的二手货，当然没有跟候机大厅连接的通道了，乘客得冒着寒风走出去自己上阶梯。

机舱里的气氛可以说蛮独特。资本主义性质的服务，例如：散发旅游简介、贩卖名牌香水、皮包等，一律缺席。清贫的感觉是社会主义国家特有的。男女各一半的年轻工作人员个个在矫健的身材上穿着简朴的白色短袖衬衫。他们的笑容活泼、开朗得很可爱，充分散发着拉丁民族的魅力。我对“拉丁式社会主义”的一切感到很新鲜，但是当初连想都想象不到，他们将要提供的是什么样的机上服务。

飞机进入稳定飞行状态，机长向旅客的报告广播完毕后，机舱内突然响遍了小号喇叭和大鼓的声音，开始了热闹的古巴舞蹈音乐。接着，褐色皮肤的英俊空少从厨房里跳了出来。他一手握着古巴名产兰姆酒的瓶子，另一手则握着可乐瓶。在他后边是拿着纸杯子的美女空姐。他们俩先随着伦巴、曼波等拉丁音乐，扭腰跳舞一阵子。受到了旅客的鼓掌后，空少向大家大喊："请喝兰姆酒！要纯饮？还是加可乐？想要多少，就有多少，千万别客气。请尽情喝到飞机着陆哈瓦那！"

飞机上的兰姆酒派对就那么出乎意料地开幕了。古巴虽穷，但有的是蔗糖和兰姆酒。跟世上的普通航空公司不同，古航提供的饮料服务只有兰姆酒和可乐而已，如果两者混合则成为著名鸡尾酒"自由古巴"了（不过，这似乎是资本主义阵营里的名称）。在英俊空少和性感空姐的鼓励下，几乎每个乘客都品尝了兰姆酒。这么一来，平时安静内向的盎格鲁撒克逊加拿大人也逐渐拉丁化。不久到处有人站在通道上，跟工作人员一起扭着腰蹦蹦跳舞。

刚才的空少，这回端着大型银色盘子出现，上面是一口就能吃下的小型火腿三明治。他还是边跳舞，边给旅客说："吃一个！吃两个！免费的。我请你！"我之前坐过的飞机，只要是供应食品的，都只给一人一份。例如：从台北去马祖的班机上分发的凤梨酥。这样大家从大盘子直接取东西吃的，在我旅人生涯上倒是头一次。应是社会主义式“大锅饭”的变种吧？好在意想不到地欢乐。

坐在我旁边的女乘客，看起来年纪有五十多，是一副女老板模样。她说：“我很喜欢古巴，常常去，也已经在那边买了别墅。”我问她古巴的魅力何在。谁料到，对方突然竖起食指来，先指了正在为通道对面的旅客服务的英俊空少，并趁他转身之际，用那只指头差点就碰了他屁股。然后，加拿大女人向我使着眼色说：“实在太好吃了。教人无法抗拒。是不是？”

社会主义度假村

古巴的海滩非常漂亮。纯白的沙滩、透明的海水、蔚蓝的天空。一群又一群的大鱼儿悠悠地游在水里。从饭店客房直接走到海边去，如计划在沙滩上躺下来看克里斯蒂的推理小说，可以说实现了我的南洋梦想。

飞机抵达古巴首都哈瓦那。海滩度假游的团员坐小巴一同去摩天楼最高层的旋转餐厅吃饭。这儿应是市内最高级的餐厅之一了，服务生都系着蝴蝶结。其中两名中年先生，看样子像东方人，我主动搭话而得知，原来都是华人。“是啊，从中国来的。南方，广东，已经有三十年了吧。”他们用普通话讲。我在历史书上看过，鸦片战争后有一批南方人作为苦力被骗卖到古巴去了。但是，万万没想到，第二次世界大战后还有中国人老远移居古巴。真是世界每个角落都有华人！

吃完饭，再上刚才那辆小巴，花四十分钟去了海边度假村。从车窗看到的景色相当独特。西班牙殖民地风格的老建筑很有气派，街上开的汽车几乎清一色是一九五〇年代美国制造的，称得上是古董车。那些都是一九五九年的社会主义革命以前早就有的。古巴奇迹般地保持着二十世纪中期的世界。古巴街头也没有资本主义国家常散发的腐败气氛，有朴素而干净的感觉。煽情的广告牌、赌场、色情产业等至少在表面上是看不到的。

度假饭店设备齐全。从房间就看到大海。户外也有游泳池，池边盖着用椰叶做装饰的小酒吧，虽然提供各样的热带饮料，但占主流地位的还是兰姆酒。用了兰姆的鸡尾酒种类颇为不少。我被椰奶味道的 pina colada 迷住，甜中带点腐朽味，很有热带特色。

古巴的海滩非常漂亮。纯白的沙滩、透明的海水、蔚蓝的天空，一群又一群的大鱼儿悠悠地游在水里。从饭店客房直接走到海边去，如计划在沙滩上躺下来看克里斯蒂的推理小说，可以说实现了我的南洋梦想。宽阔的沙滩上，戏水的寥寥几个人而已，均是跟我一起从多伦多飞来的加拿大游客。因为度假村是古巴政府指定为外国游客开发的特区，当地居民不可随便进来的。听说在资本主义国家的度假村，当地商人向游客蜂拥而至，甩都甩不掉。在古巴，没人拉扯外国游人。不麻烦自是好事，想一想政府控制之严则别有感受。

有一天，我跟几个游客坐小船出航，到了很远的海上，一些人跳下去潜水跟热带鱼一起玩耍。有人就这么抓住了一只龙虾，还蛮大的。游客们个个都很兴奋，经互相商量决定，拿回到饭店去，请餐厅厨师为大家料理，晚上可以开个龙虾派对！谁料到，当船只回到岸上时，船长就宣布：“在社会主义古巴，天然资源全属于国家，龙虾既然也是天然资源，非得交给国家，不允许游客自行吃食。”众游客相视而愣，刚才抓住了龙虾的那个人小声说：“狗屎，肯定是他们自己拿回家吃的。”却没有公开反驳。

哈瓦那的矛盾

> 由古巴人自己去模仿已经被否定的时代，逻辑上的矛盾很露骨。但是，来古巴的外国游客寻找的就是这样的往昔迹象。

我在古巴的一个星期，正是世界大转变的一九八九年快要结束的时候。夏天在匈牙利和奥地利之间，曾分割东欧社会主义阵营和西欧资本主义阵营的国境被开放；秋天东西柏林之间的围墙倒了；秋天捷克发生了天鹅绒民主革命。在我回到多伦多之前，罗马尼亚的独裁领袖齐奥塞斯库夫妇双双被枪毙，血腥的照片传遍了全世界。

在那样一个政治环境里，不少人说："跟着东欧各国之后，下一个要倒下来的是古巴的卡斯特罗政权。"在海滩度假村，我也听到有人讲："在哈瓦那，人山人海的游行队伍天天围绕着瑞士大使馆。他们的目标是里面的美国代表部，目前还说是抗议美帝，但说不定哪一天忽然跑进去申请政治庇护。那么一来古巴也发生政变，没多久卡斯特罗要下台了。"

有一天，我参加饭店举行的小旅行，去哈瓦那市内观光，晚上并赏阅历史悠久的夜总会Club Tropicana的演出。在哈瓦那街头，跟着导游走，古巴市民站在稍远的地方观看外国游客。有个当地小伙子走过来小声说："Dollar？"显然是要把当地货币换成美元的黑市交易。团员中，好奇的一两个人答应跟他交易。我想起来曾在北京建国门外，常听到中国口音的"Change money？"这句话。在礼品店，除了兰姆酒和雪茄以外，最受欢迎的商品是革命英雄切·格瓦拉肖像的T恤。阿根廷出生的切·格瓦拉在各国年轻人之间一直人气颇高。我在多伦多的萨尔瓦多朋友非常崇拜他，要我在古巴买张切·格瓦拉的肖像给他带回去。没问题，到处都有卖。

跟着导游走的哈瓦那，走马看花加上隔靴搔痒，感觉不到当地现实。晚上九点半开幕的演出则像电影镜头。一九三九年开张的Club Tropicana是户外的夜总会。舞台上展开的豪华演出包括拉丁音乐的演奏、歌唱、跳舞等等，多姿多彩，水平也非常高。革命之前的美国傀儡政权时代，曾吸引许多外国游客的煽情演出，在社会主义政权下重演的目的不外是多赚点外币。由古巴人自己去模仿已经被否定的时代，逻辑上的矛盾很露骨。但是，来古巴的外国游客寻找的就是这样的往昔迹象。除了蔗糖、兰姆酒、雪茄以外，古巴最有竞争力的产物也大概就是拉丁音乐。

我联想到上海和平饭店的老人爵士乐团。外国游客听他们的演奏而做租界时代的梦。喝了两杯酒以后，站起来跳交谊舞的，都是上了年纪的男女。上海爵士明显属于不再回来的年代，唯一的主题是怀旧。Club Tropicana 有点不同。在舞台上演出的音乐家、舞蹈家都很年轻。观众当中，年轻人占的比率也相当高。对他们而言，跟一九五〇年代一样的节目，不是怀旧的对象，而就是今日的现实。再说，仅隔佛罗里达海峡，每次天气晴朗亲眼就看得见的美国，比历史上任何时候还要强大了。何况在古巴岛东端有美军基地，至今拘留着战争俘虏。对古巴人来说，美国是永远不会过去的。

文化相对主义的考验

> 人人都是时代的孩子。我也基本上跟随潮流，站在文化相对主义的立场。

有种思想叫做文化相对主义（cultural relativism），是在德国的犹太人家庭出生，从十九世纪末到二十世纪初曾在美国学术界活跃的文化人类学者Franz Boas提出的概念。他主张：世界各地的文化之间并没有高低的区别，反之都有同等的地位。当我们观察异国文化之际，不应该以自国文化为准轻易做出评价，而应该先理解对方的价值观念，以便按照当地的框架去欣赏理解异国的文化现象。

在二十世纪末的知识界，文化相对主义简直是天经地义。尤其是先进国家的人民去开发中地区的时候，能采取的立场，似乎只有两种：文化相对主义，或者种族主义。如果不希望被扣上种族主义者的帽子，非得皈依文化相对主义了。人人都是时代的孩子。我也基本上跟随潮流，站在文化相对主义的立场。不仅看好莱坞影片和欧洲艺术片，还经常看第三世界电影；不仅吃日中意法菜，也光顾印度、东南亚餐馆，亦去希腊、乌克兰、土耳其等人开的餐厅。

既然去古巴度假，我本来很愿意理解对方的价值观念，以便按照当地的框架去欣赏理解古巴文化，而且我也很愿意享受地道古巴菜。问题是古巴经济明显面临着困难。度假饭店的自助餐，生蔬菜天天只有黄色干瘪的小西红柿。主菜花样也很有限，基本上就是烧烤的鱼和干巴巴的鸡腿。旅游指南书介绍的古巴家常菜，如：黑豆煮猪肉、海鲜饭等，都没有出现在菜单上，也许是考虑到西方人口味的缘故。

为了换换口味，我约其他游客一起离开度假村，往街上寻找餐馆去了。第一次进去的中国餐厅，虽然招牌是用汉字写的，但是工作人员中好像没有华人，做出来的菜肴令人难以下咽。第二次去的意大利餐厅，小小的披萨看起来很寒酸，吃起来更令人说不出话来只好摇头。回想起来，还是刚到古巴的第一天由哈瓦那去的旋转餐厅水平最高，虽然客观而言并不怎样，也忘记了吃过什么。

到底是古巴的饮食文化水平本来就不高呢，还是一切都归咎于经济困难？另一个可能性是社会主义制度的弊病：不允许人民自由选择职业，也不允许个人开店的结果，发挥不了人类本来就具备的积极性。中国大陆改革开放以前，国营食堂提供的饭菜，很难相信是大名鼎鼎的中国菜。其实，光看游客抓的龙虾被没收的过程，就能知道：在社会主义古巴，吃什么不属于个人自由。

回到多伦多以后，被朋友问道：“古巴怎么样？”我都说：“海滩是第一流；饭店设备还行；拉丁式社会主义文化非常有趣。”当他们追问道：“热带有大自然的恩惠，东西应该很好吃吧？”我只好回答说：“古巴正面临经济困难呢。”可是，二十世纪末的世界还有不少人对社会主义心怀幻想，再受文化相对主义的鼓励，朋友绝不肯让步，一定要从我嘴巴挤出“古巴菜别有风味，蛮好吃”这句话，否则，他们将给我扣上种族主义者的帽子。

正处于进退两难的境地，我就想起古巴特产兰姆酒。“嗨，你也该去尝尝地道pina colada的味道。就是与众不同的！”本来要加的一句话（“甜中带腐朽味”），我倒没有说出来，乃惧怕种族主义帽子所致。

孤独的行星

越南

苏丝·黄的世界

殖民地的环境使人疲倦。但不可否认的是，颓废的文化也有独特的吸引力，犹如鸦片甜蜜的香味。

我再也受不了既漫长又严冷的冬天，终于离开了住过六年半的加拿大。当时北美经济很不景气。相比之下，回归前夕的香港如日中天。我身边的中国朋友们争先恐后地纷纷搭上飞往东方之珠的班机。

北国寒冷的气候和经济萧条，都是我离开加拿大的原因。不过，还有一个因素，是我当时的年龄：三十二岁。记得曾在一份日本妇女杂志上看过媒体界女前辈执笔的文章。她很直率地写道："单身职业女性的生活充满惊喜，始终会有一群男人如仆从一般地奉承。但那也是直到三十二岁为止的事情。过了那分水岭，周围男人的态度不约而同地冷淡起来，从此你得一个人奋斗下去了。"看到那篇文章的时候，我还没到三十岁，可是牢牢地记住了"三十二"那数字，因为前辈女性从亲身经历写出来的警告似乎包含着人生真理。

另外，实岁三十二，即虚岁三十三，在传统日本文化里，算是“厄年”。女性到了这年龄，凡事非得小心不可，否则会遇到种种灾难。为了辟邪，古代日本人采取的办法之一是“违方”，即改变方向。我对封建习俗理解不多，可是有种直觉：也许换个地方是寻找出路的好方法。

香港街头犹如电影布景，繁华且轻浮。英国殖民统治最后的日子里，很多人从国外拥来东方之珠。有个当地人说：“这么多人来了，我怕香港会沉没。”

那么多外国人过来定居，因为香港是英国殖民地。只要拥有西方国家的证件，长期居留易如反掌，而且在极好的经济状况下，能找到的职位一般比大部分当地人高。换句话说，西方人来到香港，自动就成为华人居民的“主人”。同时，香港也有很多中国内地人，从深圳那边偷渡过来，作为黑户过着辛苦的日子，根本得不到人权保护。为什么？因为香港是中国被英国夺取的殖民地。

总的来说，在殖民地，种族歧视是家常便饭，弱肉强食是社会常规。在那么歪曲的生活环境里，两性关系也不可能对等。当年的香港男人，不分华洋，普遍认为女人是花钱买得到的东西。记得有个华人男性告诉我：“在香港，卖淫吃饭的女人有七万。”不知他举的数字是否准确。总之，有很多女人愿意被钱买是事实。她们大多有黄皮肤，群体名称为取自老电影的“苏丝·黄”。

香港的西方女人对“苏丝·黄”心怀很矛盾的感情。一方面，她们自以为高人一等，跟男人只愿意交上平等的关系。但另一方面，她们也在情感上受威胁，因为“苏丝·黄”随时有可能抢夺她们的男人。当年的香港男人不需要珍惜女人，结果一般来讲很不专一。他们跟女人过夜后逃之夭夭，若是一去不回则还可理解。殖民地男人是更残酷的；过些时候，无所事事地再来敲门，好比世上所有的女人都是“苏丝·黄”。

殖民地的环境使人疲倦。但不可否认的是，颓废的文化也有独特的吸引力，犹如鸦片甜蜜的香味。再说，始终有钱可赚。所以，住在香港的外国人一方面老骂着殖民地社会的病态，另一方面却不愿意回本国去。当他们需要休息的时候，要去度假的，往往也是另一个殖民地。

殖民地之恋

> 过去一百多年，西方的通俗艺术作品一贯把东方女人描写为单纯、顺从、乐于为别人牺牲的存在。

我三十二岁逢厄年，为了寻找人生出路，春天从加拿大老远搬去香港。归功于殖民地经济之繁荣，很快就通过英文《南华早报》的招聘广告找到了合意的职位，并在港岛北角租间房子，顺利安顿了下来。可是，心里老觉得虚空。到了年底，维多利亚港两岸的圣诞灯饰漂亮如梦，却没有人约我一起过节。

当时有部越南影片叫做《三轮车夫》，好像是梁朝伟主演的。我身边的外国女人，很多都提起越南。听说有个在香港教书的欧洲女人，去越南度假，包租一辆三轮车，天天坐着出去观光。骑三轮车的越南小伙子，外貌和性格都挺可爱，两人坠入爱河，决定结婚。欧洲女教师就这么留在越南不走了。当旅居香港的外国女人提起越南之际，脸上浮现出无限羡慕的表情。

为什么羡慕跟越南人结婚的女教师？她的对象不过是个

三轮车夫，并非百万富翁。按一般常识，“麻雀变凤凰”才令女人羡慕。但是，在一切倒错的殖民地，人们的欲望也呈倒错的形式，好比跟开发中国家的体力劳动者交情是全世界最纯粹、高尚、浪漫、性感的事情。

人们讲到越南的时候，总是把它当作女性名词。越南是个“她”，正如东方之珠香港也永远是个“她”一样。这些“她”是相对于西方男性的东方女性。虽然在越南战争中，胡志明领导的越共部队勇敢地打败了强大的美国，但是在人们的印象里，越南仍一贯是个“她”：曾经给法国做女朋友，然后为美国当情人的“她”。大家似乎故意地忘记“她”早就是独立自主的国家了。

我有一次在伦敦看音乐剧《西贡小姐》，对于种族和性别的双重歧视，愤怒至极。西贡小姐是越战时期的当地妓女，跟美军士兵谈恋爱结婚，但是西贡沦陷前夕，丈夫随部队撤退回美国去。后来，西贡小姐一个人带着孩子，等美国丈夫来接妻小。可是，终于联络到的丈夫，已经在美国另有了家庭。西贡小姐感到绝望，最后举枪自尽。这显然是以十九世纪日本长崎的艺妓为女主角的歌剧《蝴蝶夫人》之翻版。过去一百多年，西方的通俗艺术作品一贯把东方女人描写为单纯、顺从、乐于为别人牺牲的存在。在殖民地香港，她的名字是“苏丝·黄”。

以法国女作家杜拉斯的小说为原作，由梁家辉饰演男主角的法国影片《情人》（一九九二年）可以说颠覆了那陈旧思想。故事里的法国家族，虽然在殖民地属于统治阶层，但是实际上却没落贫穷，那处境迫使小女孩自愿成为富裕华人的有偿情妇。《情人》的读者观众，很难认同于登场人物中的任何一个，然而作品世界之凄美是不可置疑的。杜拉斯小说的魅力在于反转常规的倒错性。在同一年公演的另一部法国片《印度支那》里，凯瑟琳·德纳芙饰演的女主角是法国籍的橡胶农场女主人，她把越南女孩收养抚育。白皮肤的母亲和黄皮肤的养女一起跳交谊舞的场面美丽得令人难忘。在《印度支那》里，法、越两国都由女演员表征。虽然法国母亲和越南女儿的地位高低是明显不过的，但是跟慢慢衰退的母亲相比，女儿却逐渐长大成熟。再说，在这儿没有异国男女相结合时候常出现的，单方面的利用、背叛、放弃。

当年旅居香港的外国女性很多都看过《情人》和《印度支那》，她们对原法国殖民地越南心怀浪漫却倒错的印象。之后听到欧洲女教师在越南跟三轮车夫坠入爱河的传说，并在影片《三轮车夫》里看到梁朝伟含情脉脉的眼眸，大家都忍不住购买飞往越南的机票了。

孤独的行星

> 虽然大家都是孤单的旅客，但其实走在同一条轨道上。

没想到，冬天的越南河内相当冷。至少比我当时居住的香港还冷。这是怎么回事？我不是往南飞了一个钟头吗？打开地图看以后，我才发觉，其实河内在香港之西，而不是南。总之，非得买毛衣不可了，否则会得感冒。于是匆匆去商店，发现里面挂的全是中国货。我从香港特地来越南避寒，要买中国制造的毛衣，觉得自己的处境荒谬不堪。当年河内到处都是摩托车，噪音吵闹得耳朵都要聋了。跟商店售货员说话，也要扯开嗓门大声喊。

河内的面貌，教人联想到昆明，是法国殖民地时期留下来的面目吧，处处可见很有女性味的欧洲式老房子。路边小铺子卖的不是茶水，而是用铝制过滤器泡的黑咖啡；牛肉河粉馆卖的不是油条，而是中间夹了肉酱的法国面包。

乍看之下，越南的人和街头都颇像中国南方。地图上连孔庙都有。不过，如今的越南已经不用汉字，商店招牌和路

卖法国面包的杂货店

越南处处留下法国殖民地时代的记忆。

牌等全用罗马字加上仿法语的发音符号写着。马路很干净，摊贩摆水果的样子都很有美感。跟中国，还是处处不一样。

至于美国的迹象，似乎全是负面的。河内希尔顿酒店是越战打得如火如荼的一九七二年，美国演员珍·方达播送了抗美演讲，以此获得外号“河内珍”的地方。我在一家老饭店的小卖部，买了明显是盗版的一本书，乃企鹅书局刊行的格雷安·格林小说《安静的美国人》。作品以法国统治末期的越南为背景，透过越南女人和英、美两个男人的三角关系，用冷静的文笔写出美国对印度支那半岛拥有的野心。当上作家之前曾从事过新闻工作的格林，洞察局势的眼光果然突出，而且小说写得非常好看。

卖香烟的少女（胡志明市）
在红灯区附近向外国嫖客卖香烟的当地少女。

后来，从河内往西贡南下的旅途上，我一路看着《安静的美国人》。边看以当地为背景的小说边旅行别有味道，例如在新加坡看毛姆的小说。不过，文学作品也会成为我们跟周遭现实之间的障碍。何况，我发现，当时在越南单独旅游的西方人，几乎无例外地看着《安静的美国人》。因为大家用的旅游指南书也一样，即英文版《LONELY PLANET》，无论在哪个城市，总是在书里推荐的餐厅（有英文菜单，老板会说英语）彼此碰面，吃的又都是书里介绍的几样菜（合西方人口味）。于是我开始怀疑：这样的自助旅游，也许跟团体旅游并没有本质上的区别。正如指南书的标题“孤独的行星”，虽然大家都是孤单的旅客，但其实走在同一条轨道上。

河内有传统的水上傀儡戏，是傀儡师躲在水里演出的。亚洲的偶人戏，日本有文乐，中国台湾地区有布袋戏，印度尼西亚有皮影戏。据说，中国大陆在历史上也曾有过，后来

水上部落的儿童
从胡志明市坐小船去访问水上部落，孩子们特别活泼。

却消失了。水上傀儡戏是越南特有的，常把社会新闻编成戏剧演出，这点倒跟日本文乐一样。

我从剧院出来在市内的湖边散散步。有个小孩走过来卖地图，我正好需要，于是打开钱包买了一张。谁料到，忽然间，不知从哪里拥上来好多好多小孩，个个都有自己的商品，如：原子笔、扇子、明信片、打火机。他们要我全买。真是犹如一窝蜂。

间谍的圣诞节

曾经在中国的春节，在加拿大的圣诞节，我已经很多次尝到过那滋味。但是，这晚我心里觉得特别凄凉。

我从河内坐夜车往阮氏王朝古都顺化去。南北细长的越南国土，蛮适合于铁路旅行。因为没买到卧铺票，只好在座位上过夜。早十年在中国大陆留学的时候，多么辛苦的旅程我都不怕，这回身体却痛得特别难受。

在顺化，我投宿于家庭式经营的小旅馆，是专门招待外国游客的。掌柜的是二十多岁的小伙子，会说流利英文。他查看我的护照，听我讲的加拿大口音英语，也注意到我和华人游客用汉语交谈。从他的眼色，我发觉：聪明的年轻老板显然对我的身份发生兴趣了。

晚上，我在河边餐厅一个人吃饭。隔着水面看得见对岸的皇宫，夜景很美丽。那个时候，有个当地年轻人，自称为大学生，走过来在我对面的位子坐了下来，问我能不能聊聊天。对方说是要跟外国人练习英语。可是，不知怎地，对方要问我的事情很多也很详细，例如：家在哪里、做什么工作、来越南的目的是什么等等。而且他的眼神和口气，都挺像旅馆的年轻老板。

啊，这是公安局派来的侦探！以为我是外国间谍什么的。自从定居香港以后，我有几次被怀疑是哪个国家的间谍。一个日本人经过加拿大到香港，说三种语言从事新闻工作，在一些人看来，则绝对是间谍了。甚至有人在报纸专栏里把我比作清王朝公主出身，却成为日本间谍，最后以汉奸的罪名被枪毙的川岛芳子。这样的嫌疑，我觉得实在不好玩，尤其当我在外地纯粹度假的时候。

本来打算在河边餐厅再坐一阵子，却没有了兴致，要走了。可是，又不想回聪明年轻人掌柜的旅馆去。我正心情低落地走上坡的时候，发现前面的一栋房子，用彩色小霓虹灯装饰得琳琅满目，而且屋顶上有以夜空为背景发光如珠宝的十字架。原来是天主教堂，而且今晚恰巧是圣诞前夕。看样子，众信徒们刚吃完饭，要去参加圣诞礼拜的。大家过节的时候，外来者感到最孤独、寂寞。曾经在中国的春节，在加拿大的圣诞节，我已经很多次尝到过那滋味。但是，这晚我心里觉得特别凄凉。

刚被怀疑是间谍，我不想太靠近去，被很多人看见自己的脸。于是默默地站在稍远的地方，观看了粉红色、豆绿色的霓虹灯散发着游乐园一般欢乐气氛的天主教堂。然后想起来：用霓虹灯装饰的十字架，我以前在蒙特利尔也看过。可能就是法国天主教徒的宗教观和审美观之表现了。

现代启示录

香港的外国女人憧憬越南三轮车夫，梦想和他坠入爱河，难道一点都没有跟伊恩一样自圆其说的嫌疑吗？

在顺化，我包租三轮车观光市区。是城市的大小正适合于坐三轮车移动。而且年轻的三轮车夫为人很亲切。最初，我偶然坐了一次他的车，之后对方不唤就来在外边等待，令我觉得不如包租。他虽然不是梁朝伟，但是属于同一类型：矮个子，稍黑的皮肤，脸上始终有寂寞似的微笑。

再南下到的西贡，却是世界级的大城市，公共交通也够发达，不用坐三轮车了。我去影片《情人》的背景华人居住区走走。但是，银幕跟现实是两回事，再说从影片描绘的时代已过了几十年，这时候的唐人街只是个很杂乱的大市场了。我的梦想破灭了吗？倒不见得。西贡这城市的确有难以言喻的魅力。尤其天黑之后，西贡河的水面映照着广告牌的光线而妖艳地摇曳的时候，绝不可否认“她”是个世界级的美女。谁不梦想被“她”诱惑，把今后的日子沉溺在这座南洋城市？

我忘了当初怎样认识伊恩的。他是来越南旅游的澳洲画家。我们在西贡双双骑车去郊外公园游玩。晚上，他带我去了市中心的一条街。他说有一家酒吧叫做“现代启示录”，就是跟著名的美国越战电影名称一样。我觉得有趣，同意一起去。未料，这家店位于时钟旅馆集中的红灯区。酒吧顾客是清一色的白种男人，都靠着吧台站，并从玻璃瓶直接喝越南 333 牌啤酒。从外面，个矮苗条、化浓妆、着低胸衣服、穿小巧高跟鞋的越南女人，一个一个地扭着屁股走进来，向店里的顾客送秋波。他们之间交涉的那模样，我之前只在影片里看过。没想到现实正如银幕。谈好了条件，一对又一对的男女手挽手走出去，显然要到隔壁的时钟旅馆开房间。柜台里面的越南女老板对于在眼前展开的一切司空见惯。当有个小学年龄的男孩带着一盒洋烟走进来做生意之际，她也习惯性地把他赶走。

我被“西贡小姐”一般的场景吓了一跳，劝伊恩赶紧离开“现代启示录”。然后，换地方，和他进行了一场争论。我站在道德主义的立场，批判富国男人在肉体上和精神上剥削穷国女人的恶行。伊恩则主张“道德因地制宜”。他说：“在本国从不做坏事的男人到了东南亚都偶尔会嫖妓，没什么值得大惊小怪的。”而且他也说：“那些女人自己若不愿意，无论你愿意出多少钱，人家理都不理你的。对男人的打击会多么大呀！”这是故意忽视妓女的经济现实，并混淆恋爱和卖淫的典型诡辩。

尽管如此，我并不觉得自己在道义上占了上风。原因很清楚。这次越南之行，从还没离开香港之前，一直有三轮车夫的影子。香港的外国女人憧憬越南三轮车夫，梦想和他坠入爱河，难道一点都没有跟伊恩一样自圆其说的嫌疑吗？

青春期结束

澳门香港

香港香港

罗大佑的《皇后大道东》是我当年去卡拉OK最喜欢唱的流行歌曲之一，充分反映着香港社会回归前夕的气氛。

我曾在广州中山大学留学的日子里，每次深夜听到香港电台播送的节目时，心中满是对东方之珠的向往。何况那年《明天会更好》这首歌非常流行，令人一听就特别伤感。于是一到周末，就跟同学们一起去沙面码头乘坐开往香港的夜船。一上岸就看电影、逛大超市、饮茶、游泳，玩得痛痛快快。后来，搬去加拿大，我仍常常怀念充满活力的亚热带大都会。身在地大人少的北国，尤其珍惜香港之热和闹。一九九四年，我终于搬到多年来的梦中情人香港去，出乎意料地发觉：旅游和居住是截然不同的两码事。比方说，来香港的游客一定去的太平山顶，当地大部分居民却甚少去，除非陪同外地来客的时候；平时的日子，他们倒是整天都垂头看着肮脏的地面而过的。俗话说值百万美元的香港夜景其实属于外人和极少数的富翁富婆。

对于曾憧憬多年的香港，我有所幻灭，感觉不无像失恋，自己的青春期都快要结束了似的。另一方面，当时我在香港传媒界的工作展开得相当顺利，报纸杂志的专栏越开越多。虽然粤语进步的速度非常缓慢，每天早上去茶餐厅点“公司三明治，同埋冻奶咖啡”都被店员纠正发音，但是讲普通话和英语，生活和工作都基本上过得去。既然暂时找不到更好的去处，不如改善居住环境，提高生活质量了。于是到香港后的第三年，我换了房子。新的公寓在港岛皇后大道后面的星街七号。罗大佑的《皇后大道东》是我当年去卡拉 OK 最喜欢唱的流行歌曲之一，充分反映着香港社会回归前夕的气氛。再说“星街七号”这地址，不仅给人浪漫的感觉而且会带来幸运似的——至少我觉得。

月租九千港币以当时当地的标准不算便宜，却不在“山顶”也不在“半山”而在“平地”。在老大英帝国殖民地，海拔的高低和价钱、社会地位的高低，全成了再清楚不过的正比例。附近有小印刷厂、蛇肉餐厅，最多的是骗老外的仿古中式家具店。还好，据房地产公司的介绍，我的新房子有“海景”。到实地看看，其实是在厨房角落踮起脚来抓住洗碗槽由窗户拼命望出去，才能看到的只有五厘米宽的“海景”，有点像海市蜃楼，可确确实实属于维多利亚港。相比之下，客厅大窗外的景色则少得可怜，被一栋又一栋高层大楼阻挡着，能看到的天空跟邮票一样小，自然谈不上什么远景了。

但有什么值得大惊小怪的？多数香港居民的日常生活，就是根本没机会望远处的，从小只好凝视手头上的漫画或游戏机，怪不得人人都戴着近视眼镜。

刚搬进那间房子后不久，我闪电订了婚。犹如村上春树在《斯普特尼克恋人》开头把主人公的恋爱比喻成旋风一样，事情来得非常突然，也特别强烈，简直是台风、地震一类的自然现象似的。当事人的处境相当被动，似乎只有目瞪口呆的份。（至于详细的过程，我曾在题为《一见钟情》的短文中描写过，结果在一位读者的博客里得到了本人全部作品中最低的分数，因而不敢在此再出一次洋相。）当时我住在香港，他则在东京。最初我们天天打好几个钟头的越洋电话聊天。未料引来了电话公司煞有介事的挂号快邮，里面有巨额的付款单和语气蛮严肃的通知书：“除非马上到银行结账，否则要暂时停话。”我们并没有赖账。只是在网络还没普及的年代，国际电话费昂贵到连工作人员看到了账单都不禁咋舌的地步。如果我们继续打电话，用不着几个月就要双双破产了。相比之下，机票价钱还较为划算。于是我们开始每个月买张机票，在香港、东京两地之间轮流飞了。

忽然在我生活中出现的未婚夫，每两个月老远从东京来香港待两个星期。他坐在我家客厅的 IKEA 沙发上，看到的全是别人家的公寓大厦，听到的则是别人家的卡拉 OK 歌声和打麻将或做装潢的噪音。我觉得过意不去，虽然他在东京荻洼的公寓也并没有什么风景可言，而且每次卡车开过都像地震一样大幅度摇晃。无论如何，即将结婚的新人需要充分的远景和浪漫的背景，不应该被关闭在扫兴的现实里。幸亏，弹丸之地香港也是闻名于世的自由港，想去哪里都方便极了。尤其是我住的皇后大道离港澳码头相当近，提着小旅行箱出家门，二十分钟便抵达。从那儿坐水翼船出航，过一个小时就到澳门了，而且完全不需要事先计划，感觉来了就走即可。

澳门当年还是老葡萄牙帝国遗忘在远东一角的迷你殖民地，样子颇像漫画人物的混血儿垄断着全部赌博产业的无政府地带，给人的感觉犹如走进港产 B 级影片。就那样，结婚前的一段时间，我常常跟未婚夫一起离开香港去澳门度假。虽然距离不很远，但是我们每次都怀着远走高飞的心态。其实也不无道理，因为澳门跟香港语言不一样，货币不一样，景观不一样，食物也不一样。果然充满着符合蜜月的异国情调。

“菠萝白”之谜

澳门人不把它叫做绿葡萄酒，却称之为“菠萝白”。当初我搞不明白，明明是用葡萄做的酒，跟菠萝扯上了什么关系？

我之前也去过澳门几次，但只是匆匆走观光区，在葡京酒店赌场输了一点钱而已。作为度假区的面貌，我是跟未婚夫常去后才真正认识到的。澳门两个离岛氹仔和路环岛都有几家度假饭店，均具备着大型游泳池和特别宽阔的客房。香港饭店房价之贵和面积之小，可以说是世界之最，超过一百美元的房间，连打开行李箱的空间都没有。相比之下，当年澳门饭店的价格则划算得多了；付一样多的钱，能住比香港大十倍的房间，令人感到暂时成为王侯贵族一般。我们第一次赴澳门，住的是氹仔的凯悦酒店；设备很现代化，早饭自助餐挺豪华。租了自行车出去逛岛内，我们发现超级市场出售的洋酒种类特别丰富，其中葡萄牙产红酒、白酒、发泡酒占多数。

葡萄牙，我早几年去过一次。当时我一个日本朋友的父母亲提早退休而移居葡萄牙，在里斯本郊外的海边住宅区过着悠闲自如的日子。曾经在日本朝日电视台当连续剧监制的伯伯，向我极力推荐当地特产绿葡萄酒（vino verde）喝。按普通分类法，这应该算是发泡性白葡萄酒。尝一尝，水果香味非常强，稍微起泡的样子犹如香槟酒一样美，总的来说可称极品。“这种酒，只能在原产地葡萄牙喝到，因为它不耐运输，无法出口。”他的解释我记得清清楚楚。未料，距离几千公里的澳门，居然到处都有绿葡萄酒，不仅超级市场有出售，连路边大排档都林立着卖。澳门当时仍是葡国领土，所以运过来也不算“出口”。但它不是不耐运输的吗？

有趣的是，澳门人不把它叫做绿葡萄酒，却称之为“菠萝白”。当初我搞不明白，明明是用葡萄做的酒，跟菠萝扯上了什么关系？后来问了一家餐馆的女店员。她回答说：“我们不会看葡文，不知道它真名叫什么。但是，这种白酒的标签上，不是印有菠萝花样吗？我们看到这图样，就称它为菠萝白。”这回我仔细看那标签：原来是用砖头砌的外墙上，葡萄藤到处爬的花样。褐色的砖头墙壁被阳光照射着显得有点黄，再加上绿色的葡萄叶子，整个图像确实跟菠萝外皮有点相似！

澳门仔的超级市场，除了葡萄牙酒以外，还有多种欧洲食品，如：香肠、奶酪、硬面包。我们购买几瓶酒和各类食品，以及喝葡萄酒用的玻璃小杯、开瓶器、水果刀，带回酒店房间去，要开两个人的派对了。

圣方济各教堂广场

> 耶稣会传教士们往往经过这些海外领土后才到了远东，所以澳门菜至今仍保留着非洲、印度、马来菜的影响。

从氹仔经海堤能过去的路环岛，当年还是个偏僻的渔村。（多年以后，我在电视新闻节目上看到，韩国领导人金正日的公子之一在路环岛拥有别墅，吓了一跳。）除了几家传统技法的造船厂外，似乎没有大规模的产业。有家爆竹厂，但早已关门。海边小商店卖当地小厂家制造的咸鱼、蚝油、干贝、虾酱、辣椒酱等，味道朴素而纯真。葡萄牙治下的偏僻华南渔村别有风味，铺了葡国式蓝白花砖的小巷非常可爱。听说有些洋人被当地风情迷住，住下来开着面包店什么的。

小镇中心有天主教耶稣会的圣方济各教堂。十六世纪到东方来的耶稣会传教士当中，在中国名气最大的是意大利出生的利玛窦。在日本则是人人皆知西班牙出生的方济各，因为就是他把天主教和欧洲文化最初传到日本来的。圣方济各离开日本以后，本来要去中国大陆，可是到了广东上川岛就病死了。位于澳门离岛海边的这座教堂是为了纪念他而创立的，早期还陈列过方济各手腕部的遗骨。把外墙用油漆涂成牛奶蛋黄色的小教堂，给人的感觉颇像葡萄牙蛋挞。在里面展览的圣母肖像，样子很像妈祖。这让我想起日本早年的天主教徒，把圣母画成恰似观音菩萨的模样（马利亚观音）；一方面是为了避开当局取缔，另一方面则是在东方人心目中，圣母也自然而然呈现东方人面貌的缘故。我翻着历史书发现：原来，在日本受压迫的天主教徒，从九州岛长崎老远逃到澳门来，参与了当地教堂的建设工程。

圣方济各教堂前边，面对着大海，有回廊围住的小巧广场。用葡萄牙式瓷砖铺的地面非常美丽可爱。榕树下的半露天餐厅提供的澳门菜质量颇高。名字叫真之味，但是我们称之为方济各食堂。所谓澳门菜，主要由华南风味葡萄牙菜和葡国风味广东菜组成。因为古时葡萄牙的殖民地不仅有中国澳门，还有非洲黄金海岸、印度果阿、马来半岛马六甲等地，而耶稣会传教士们往往经过这些海外领土后才到了远东，所以澳门菜至今仍保留着非洲、印度、马来菜的影响。方济各食堂的菜单上，就有非洲鸡、咖喱螃蟹等澳门名菜。另外，烤沙丁鱼、辛辣香肠、红酒烩牛尾等纯粹葡萄牙菜也做得相当好。女服务生好热情，主动向我们推荐蒜味吐司说：“跟红酒烩牛尾的酱汁一起吃会非常美味呢！”当然，桌子上少不了一瓶“菠萝白”绿葡萄酒了。

路环岛的魅力主要在于其偏僻。在这儿，商店食堂都是家庭式经营的，商业味道淡薄得很。房子的外墙都涂成含有白色的柔和色调，景观很像葡萄牙小镇，生活节奏很缓慢，气氛自然好放松。来澳门赌博的游客一般不会到这里来。住在香港，我觉得路环岛是理想的隐蔽处。

竹湾酒店

尽管如此，我至今深信路环岛竹湾是全世界最浪漫的隐蔽处。也许，一切都是蜜月时期充满脑子里的荷尔蒙造成的幻想。

从路环市镇走上坡大约十分钟，便抵达小小的海湾：竹湾。在海拔稍高的地方有家古老的小型度假宾馆。这家竹湾酒店总共只有二十来间客房，室内设计呈南欧风格，每个房间都具备大阳台，直接面对着几乎无人的大海。第一次看到竹湾酒店时，我的感觉犹如意外地发现了珍宝一样，惊喜至极。后来我们成了常客。若逢工作日，往往全房均空。餐厅里连一个顾客都没有。菲律宾女侍边哼歌，边用麻布把桌子上的刀叉和葡萄酒杯擦干净。她说："到了周末就会有很多人来，这里的自助餐颇有名气的。"但我们自由职业者，别人工作的时候专门来休息，当其他房客住进来就逃之夭夭。所以在我的印象里，竹湾酒店始终是我们独占的。竹湾酒店的工作人员，除了柜台的菲律宾妈妈桑以外，我只见过餐厅里擦餐具的女侍。打电话把早饭给送来，接电话的是妈妈桑，隔了许久送来的是小姐。可能是，到了周末客人多的时候，工作人员才会多起来吧。总之，我所知道的竹湾酒店永远是安安静静的。跟两位菲律宾女士添太多麻烦也不好意思，所以我们一般都到外面吃饭去。好在酒店隔壁有家半露天餐厅叫斜塔。能够被海风吹着尝地道的意大利菜，如披萨饼、色拉，在偏僻的华南渔村是意想不到的奢侈。

从斜塔往沙滩看下去，旁边有挺漂亮的公共游泳池。应该是葡萄牙人设计的吧，水池的形状不是标准的长方形也不是圆形，而是女性身体一般的复杂曲线，富有浪漫、性感、欢乐的感觉。池边摆着许多白色塑料躺椅，坐着就能看见外边海波澎湃的样子。设备环境如此优良的游泳池，因为是公家经营的缘故，门票便宜得惊人。有个身材肥胖的白种女孩，只着一件极小的比基尼游泳衣，提着大型录音机往海边走下去，到了沙滩上，就放着大声音乐，一个人在蓝天下面展开半裸体舞会。看样子，她大概是住在澳门的葡萄牙裔居民，用当地汉语讲则是“土著葡人”，语感怪怪的。英国殖民地香港和葡萄牙殖民地澳门，不同的地方很多。其中包括宗主国人民形象之不同。香港的英国人始终摆出绅士淑女的模样。澳门的葡萄牙人倒在海滩上一个人扭着白色大屁股跳舞。

澳门的海滩沙子是黑色的，对岸不远处看得见珠海街头；以一般标准，不能算是第一流的度假区。尽管如此，我至今深信路环岛竹湾是全世界最浪漫的隐蔽处。也许，一切都是蜜月时期充满脑子里的荷尔蒙造成的幻想。所以，我有点害怕重访澳门，宁愿保持美丽的记忆。何况，听说回归中国以后的澳门，赌博产业越来越兴盛，如今成为不折不扣的东方拉斯维加斯，古老的葡萄牙风情早已不再了。然而，网络上看看澳门路环岛，还是跟那时候一个样，竹湾酒店、圣方济各教堂、广场回廊下的食堂、斜塔餐厅、卖咸鱼的小店都仍然在。至于东京来的未婚夫，早就是我两个孩子的爸，常为四口子弄意大利面了。

故乡的月亮

日本

外国的月亮

我终结长达十二年的海外生活搬回故乡东京的时候，好几个海外朋友都异口同声地问了我：“日本，你能习惯吗？”

中国人说“外国的月亮圆”，西方人说“隔壁的草坪绿”，日本人则说“别人的老婆美”，大概都跟惰性有关。自己国家的月亮、自己家的草坪、自己的老婆，都司空见惯，没什么新鲜感。相比之下，别人的东西令人刮目相看，结果觉得别具一格。这么说，即使是自己国家的月亮、自己家的草坪、自己的老婆，离开许久后再见，就会显得圆、绿、美了。听说海员的夫妻关系特别圆满，恐怕就是这个道理。

我终结长达十二年的海外生活搬回故乡东京的时候，好几个海外朋友都异口同声地问了我：“日本，你能习惯吗？”他们知道，我是受不了日本社会的种种才离乡背井在海外漂泊的，于是担心我回去以后会不会跟从前一样感到别扭、不自在。

其实在那十二年里，我对日本的感觉逐渐变化了。当初，我的抗拒感特别强；不管对日本的家庭关系、公司文化、社会风潮，还是男女地位，都觉得难以接受，格格不入。二十二岁的时候，我曾真想做个外国人的。后来，经过中国去了加拿大，在移民国家申请入籍并不困难。但是入了加拿大籍，我就会失去自己的日本背景吗？我愿意失去吗？失去了以后，能做百分之百的加拿大人吗？我愿意做吗？在加拿大，每一个新朋友都问我："你为什么在加拿大？为什么不回日本去？"我越来越觉得不容易回答，因为加拿大的草坪只有夏天才是绿色的，反之在漫长酷寒的冬天一切枯萎乃是北国的本质。

后来去了香港，人家也一样问我："你为什么在香港？为什么不回日本去？"亚热带的草坪一年四季都呈绿。然而中秋节吃了那么多月饼，而且是含猪油的，谁都会嫌油腻；仰天看见的圆月，美是美，但也并不显得特别圆。经过十二年的海外生活，我体会到的最大教训是：人间没有西方净土。或者说：月亮在哪里都是一个样。

在生活领域，可以说家家都有本难念的经，亦可说家家都有欢乐的时刻。有一次，我从香港回东京几天，饭桌上有萤乌贼刺身。这种全长不到五厘米的迷你乌贼只生存在日本海富山湾，每逢春天晚上在海里发光的样子美丽如幻。以前东京鱼店卖的萤乌贼只有熟的。归功于运输方法的进步，如今能够吃生的了。蘸了点酱油和绿芥末，整个放进嘴里去，我觉得：这也可以是回国定居的充分理由。正如我当初听说加拿大人每周都吃牛排而办了签证，后来想念“饮茶”之余搬去了香港。

不过，上面一切怕是赘语，说句中国老话就罢了：“树高千丈，落叶归根。”

装作日本人

相当长时间，我自我感觉装作日本人。我有百分之百的日本血统，看样子跟别人没有分别，所以只要不开口说话，别人猜不出我脑子里想的跟他们多么不一样。

从二十二岁到三十五岁在海外生活，人会变得很不一样。至少我自己，回日本以后发觉：家人朋友等所记住的“我”和本人认识的“我”相距很远。曾经有过的不少习惯，我早就放弃了（“谢谢，我不抽烟了”）。曾经有过的不少想法，我也早就改变了（“不，外国的月亮并不比日本圆呢”）。虽然蝌蚪长大了以后也只会变成青蛙，但是曾经跳进过隔壁水井一次的青蛙起码知道世上的水井不止一口（“可是那边的水也不见得更甜哟”）。本人最大的变化以及跟日本人之间最重要的异同，就是我不再崇洋了。当然，不崇洋不等于排外，说不定反而是彻底洋化的结果。

相当长时间，我自我感觉装作日本人。我有百分之百的日本血统，看样子跟别人没有分别，所以只要不开口说话，别人猜不出我脑子里想的跟他们多么不一样。而且在日本，不同于在北美或在华人文化圈，不说话、少说话都不算不礼貌，人们顺理成章当我是个安静的女人。再说，回到了日本，不再有人问我："你为什么在这里？为什么不回去？"这真让我松了一口气。不过，一些人倒有过跟我很不一样的经验。比如说，我多伦多时代的好友比特。他父亲是日本人，母亲是加拿大人，自己在日本长大到大学毕业，后来去多伦多念书做事，差不多四十岁时跟日本女人结婚回国了。他在日本最大的问题是与众不同的外貌。尤其在他居住的北海道小镇，老外模样的人非常少，每次比特上街都有人回头凝视。"在加拿大多好呀，大家都以为我是中美人什么的，一点儿也不稀奇。"他说。为了拒绝别人好奇的眼光，他开始老是戴着大耳机上街，谁料到反而引起了镇民们更大的兴趣。

"回日本，你生活习惯吗？"海外朋友打来电话问。"不是习惯不习惯的问题，"我回答，"你一旦学会了做人，在哪里都会做人的。"但的确，我是在海外漂泊的十二年时间里才学会了做人的。如果没有出国，恐怕我对日本社会一直有格格不入的感觉，结果天天过得很别扭、很不自在。

母语世界

二十二岁出国的时候，我的一个目标是在海外获得坚强的自我，并争取独立于母亲的生活。然而若是单身，我恐怕十二年后都不敢回东京。

还是要说实话。我之所以十二年之久一直不愿意回日本，以及十二年以后决定回国定居，都有具体的原因。我长期在海外漂泊，说到底就是自我放逐。二十二岁的我深深感到，也被别人劝导：除非逃出家门否则没办法做人。家庭尤其母亲对我的影响非常大，除非离开她走得很远，否则我根本不可能独立思考也不可能自主行动。我在海外开始用英文、中文写作，也是为了开拓母亲无法进来、真正属于我自己的空间。反之用母语日文写作，我总是挥不掉在母亲面前演戏的感觉。（她是很蛮横的导演，命令你去演她所指定的角色；而我从小被训练成优秀的演员，只要导演使一下眼色，就会自动演起戏来的。连从嘴巴出来的话是自己的想法，还是被迫说的台词，都搞不清楚。）

我看见过加拿大的草坪和香港的月亮，也经常被人问：

“你为什么在这里？为什么不回去？”开始想回日本。（我得补充，在香港遇上一九九六年的保钓运动而受牵连，失去了大部分工作和收入，也是一个原因。）但是母亲身边，我还是绝对不敢回去。于是一时考虑：先念研究生拿到学位以后回日本，在西南部的小地方找个小规模大学的职位，半隐遁式地过后半生。那样子，即使被母亲发现，她也不大会来干涉我了。

我后来决定回东京，是因为未婚夫在那儿。我们的新居在西郊，离娘家坐车四十分钟。有了这么点距离、十二年的时间、加上能锁住的铁门和丈夫的保护，我才有了信心能够经营独立的生活。（我这么写，恐怕会有人觉得过于夸张。不过，我有个日本朋友，她母亲跟我母亲属于同一类型。她说，单身独居的时候，有一天下班回房间开灯赫然发现，地上躺着母亲和父亲。果然是为了检查女儿的私生活，事先没通知直接就来过夜的。我母亲也经常想出类似的突袭，但她不是自己来的，而是专门派别人来，以便在监督效果上还增添捣乱效果，并且自己能够躲在幕后。比如说，她得知我家有客人，就偏偏选择那天派弟妹送东西来，当然事先绝不会通知。）

二十二岁出国的时候，我的一个目标是在海外获得坚强的自我，并争取独立于母亲的生活。然而若是单身，我恐怕十二年后都不敢回东京。把未婚夫当铁盾搬进西郊的新居后，母亲也曾发动过骚扰作战，也施行过忽视作战。风波多少是难免的，但最后我们还是取得了胜利。尽管如此，我的写作生涯仍然以外文为主，因为总觉得比母语自由。

东京美味

味觉是经年成熟的。有一天，我发觉吃快餐店的汉堡等于浪费生命。有美酒、美食的生活才值得活。

我曾经一个人跑遍日本各地，那还是念高中的时候。后来的十多年，我主要在海外拼搏，重新发现故乡山河的时候，已经三十多岁，身边有另一半了。我常劝年少的朋友们趁年轻去旅游。年轻人有的是自由时间和体力，特别适合于自己背着背包长期旅行，而且确实有不少东西单枪匹马闯世界的旅人才能看到、体会到的。话是这么说，世上也有不少东西年轻人却难以接近，比如说：美酒、美食。十八岁的旅人到哪里都随便找个快餐店填饱肚子就满足，并不觉得可惜。我曾经也是那样，觉得汉堡有世界性，甚至象征自由。

味觉是经年成熟的。有一天，我发觉吃快餐店的汉堡等于浪费生命。有美酒、美食的生活才值得活。因为我二十二岁就逃出家门，之前在日本尝美味的机会并不多，甚至有些日产山珍海味，如河豚刺身、鱼肝等，在海外日本餐厅才第一次吃到（前者在北京友好饭店的白云日本餐厅，后者在多

东京的鲜鱼店

春天的萤乌贼很好吃，成为回国定居的充分理由。

日式荞麦冷面

对日式冷面来说，水的味道很重要。

伦多教堂街博寿司）。三十五岁回日本，幸亏身边有个优秀的导游，另一半曾为美食杂志撰稿多年，对各地食物和餐馆都颇熟悉。

其实，东京的美味可多了。地道的日式荞麦冷面吃起来特别爽快，这是除了面条本身和作料以外，用来洗面条的软水也特别甘甜可口的缘故。所以，乡下御岳山脚的小店“玉川屋”所提供的冷面，就能跟东京市区的老字号“神田薮”、荻洼的新星“本村庵”的冷面媲美，加上窗外有多摩川河流的悦目景色，历来吸引许多文人，包括《宫本武藏》的作者吉川英治。游多摩川上流会收获很多，除了享眼福、口福以外，也能呼吸新鲜的空气，很难相信这儿也是东京境内。多摩川的口福，还有当地“泽之井”酿造厂产的清酒和豆腐、只在清流里生存的香鱼烧烤，以及吉川英治遗孀经营多年的甜品店“红梅苑”的和子等。

回到了市区，烤鳗鱼是另一种老东京美味。东京式料理法是先蒸后烤的，所以鳗鱼吃起来软绵绵，一点也不油腻。东京的老店都提供“白烧”和“蒲烧（红烧）”两种烤鳗鱼。先吃蘸了点绿芥末酱油的“白烧”下酒，然后吃“蒲烧”鳗鱼饭，同时喝“肝水”即鳗鱼肝清汤，保证满足。寿司大家都知道了。在东京，就得尝东京湾产的小鱼、小贝的寿司。前者以“小肌”为代表，这种鱼看起来像沙丁鱼，吃起来没那么肥。后者则以“青柳”为代表，橙色的贝肉特别好看，吃起来也特嫩特甜。

最后不可忘记的是天麸罗，简单说来是裹上面糊油炸的海鲜和蔬菜。但是，坐在专卖店的吧台边，边看厨师把一个一个材料放进干净透明的麻油里静静地油炸，边一个一个地

荞麦面的本村庵

东京荻洼的总店，纽约也有家分店。

天麸罗的船桥屋
位于东京新宿，值得一去。

趁热品尝，我估计谁都会大开眼界。那外皮的酥和里面的嫩构成令人难忘的对比。东京有几家名店，如新宿的“船桥屋”，不过连锁性的“纲八”就很不错了。关键在于占吧台边的座位，先点最基本的“定食”（套餐），通常会包括虾、墨鱼、鳝鱼、南瓜、青椒等几种天麸罗和米饭、味噌汤、酱菜，饭量少的人可以吃饱。然后，如果肚子里还有余裕的话，看看墙上贴的“今日推荐”；若逢春天会有野菜，若逢冬天则有鳕鱼白，应时的新鲜材料炸着吃，也值得试一试。不管是荞麦面、烤鳗鱼、寿司，还是天麸罗，传统日本菜配日本酒是理想的拍档。冬天喝暖的或热的，夏天则喝冷的或常温的，总之绝不可加水加冰块。

发现关西

在新干线车站里就有大阪式“乌龙面”、“551”中式肉包子、当便当吃的大阪名产“箱寿司”等五花八门的小店，都是东京所没有的。

海外浪子不理解祖国大概是常有的情形。我去过西藏也去过古巴，但没去过北海道、九州岛。其实，连对京都、奈良等古都的理解自中学时的修学旅行后也并没有增加。至于日本第二城市大阪，去是去过，但印象很模糊，只记得是杂乱吵闹的都会。不过，这在东京人当中并不算例外了。东京人很自大，以为首都东京是老大，乃应有尽有的世界性城市；偶尔去外地，不是为了滑雪就是为了泡温泉，想不到外地还会有什么文化。

所以回国后第一次去大阪以及邻近的奈良、和歌山等所谓关西地方时，我经验的文化震撼真不小。在大阪下新干线，人们说话的口音跟东京不同还在预想范围之内，然而我却没有想到，他们连打扮的样子都很不一样。简单而言，大阪人爱穿花的，连男装也常见红、黄、绿等颜色，跟黑色、灰色压倒一切的东京男装非常不同。再说，他们说话的声音特别大，连老太太说话都少不了开个玩笑，简直就是日本的广东人。然后，在饮食方面，大阪人也特别活泼。在新干线车站里就有大阪式“乌龙面”、“551”中式肉包子、当便当吃的大阪名产“箱寿司”等五花八门的小店，都是东京所没有的。

坐环状线电车去鹤桥，那里有韩国人集中的地区，在密密麻麻的小巷两边，烤肉店鳞次栉比。这里也是日本不少明星的出生地。韩裔人士以往在日本受歧视，机关、大公司都不雇用他们，打入主流社会特别困难。结果有上进心的年轻人当中，志向实力主义娱乐界的为数不少。他们肯吃苦而通人情，于是讨人喜欢，用日本姓名做起演员、歌手后，常获得高人气。日本的韩裔人士多开烤肉店，提供日本菜里欠缺的肉，尤其是内脏类（日本俚语称之为“荷尔蒙”）以及辛辣的味道。所以当日本人觉得身体虚弱需要补身时，去的就是韩国烤肉店。鹤桥一带的气氛相当大众化，烤肉店的价钱也比东京便宜许多，主要是每一盘的分量多而材料十分新鲜，老板娘也特别亲切，令人后来多年都一直想念。

巡礼之道

> 亲戚老人家说话，我只能听懂一半，有时更完全听不懂，好比在听法语什么的。

大阪南边纪伊半岛的山地，二〇〇四年被指定为世界文化遗产，因为奈良县吉野的大峰山、和歌山县的高野山和熊野山，三座相距不远的山岳都是日本宗教史上重要的圣地，过去一千多年来一直有人从全国各地前来参拜。据传说，吉野大峰山是八世纪“役行者”开创了山岳宗教“修验道”的地方，至今有人打扮成跟“役行者”一样的山人模样，在高山从事苦行以图成仙。高野山则是九世纪入唐取经回来的“空海”和尚开辟了真言宗密教道场的地方，在海拔一千米的高山区，除了一百多所寺院以外，还有具备博士课程的高野山大学专门传授密教。熊野山则从古代被视为圣地，后来成为“修验道”的修行地，随着佛教影响扩大，也被视为净土；历代天皇都从京都老远徒步来参拜。

公公婆婆都出生于高野山脚，我们去那儿扫墓、拜访亲戚。纪伊半岛虽说是乡下，但是文化历史很丰富，经济上又相当富裕。光看农家房子盖的样子就晓得了，一点也不花哨，却明显用着优良的材料和高级的技术。亲戚家的晚饭也教我惊喜。芝麻豆腐吃起来很浓郁，可以说是素菜中的奶酪。柿叶寿司是纪伊山地的土特产。从前山区吃不到海鱼，却有商人老远把用盐腌过的鲭鱼带过来卖。当地人过节时候用那种咸鱼做寿司，并拿柿叶包住，归功于柿叶的杀菌作用可保存好几天的。如今的柿叶寿司基本上为现做现吃。大盘上摆放的许多寿司个个都绿得发亮，看起来很特别，闻起来柿叶的香气芬芳，吃起来别具一格，真不错。纪伊山地不愧为天皇贵人常光顾的地方，连简单的素菜如红烧豆腐干，汤料里似乎都用了大量冬菇，吃起来就与众不同、高人一等。亲戚老人家说话，我只能听懂一半，有时更完全听不懂，好比在听法语什么的。后来得知，纪伊山地的方言保留着许多古代日语的成分。

公元十四世纪，日本皇家分裂成南北两朝，当时南朝从京都搬迁去的地方就是吉野。现在的吉野以春天的樱花出名，其实那是来参拜的善男信女一棵一棵奉献的樱树成长开花后出现的佳景。吉野和高野山，至今是日本人祈祷大事的时候必到的地方。例如：权力斗争中失败的政客往往到吉野大峰山发誓东山再起。高野山上则有许多大公司竖立的纪念碑之类。例如：某家啤酒厂大力推销新产品之前，专门在高野山上为已故员工建了纪念碑；结果商品特别受欢迎，使得该公司的人深信是已故员工们在彼岸帮的忙。

我在吉野投宿于一家老旅馆，据说是从前天皇也住过的。对皇家来说，吉野是家系分裂互相争斗过的地方，其因缘很不简单。果然，那晚我做的梦颇为特别。白天在附近看见的景色也很不一般。但是恐怕最好不用谈得太详细。总的来说，古老的圣地故事非常多，一个民族的历史似乎都记录在那儿。

雨林的亲子

冲绳

去冲绳！

我在屏幕上看着飞行路程，恨不得一直飞下去到中国台湾、到中国香港、到马来西亚、到天涯海角！

我曾经是天空上自由飞翔的小鸟，一有了孩子就变成了土地上牢牢扎根的树木，一步都走不动了。儿子周岁的生日快要来临之际，我天天在家里抱着他倾听冲绳的中年女性乐团“姐姐们”（Nenes）唱的歌。她们歌曲的旋律取自当地传统民歌，歌词则唱“人生嘛，差不多就差不多了”，听着在脑子里浮现海浪涌来涌去的沙滩，对心灵很有治疗作用。已经很久没有去旅行了。很难相信仅仅一年半以前，我们还是自由自在地一会儿在香港、一会儿在北京、一会儿在意大利、一会儿在东京。“去冲绳！”我一下决心就行动起来，推着婴儿车去住家附近的书店买旅游指南书，顺便也去旅行社收集了简介。

冲绳本岛中部的恩纳村有几家度假饭店，都具备独家的海滩和室外、室内游泳池。我仔细比较各家饭店客房的大小；既然是三个人住的，要尽量大的房间。但是日本饭店的房间都不很大，四十五平方米（约十三四坪）算是最大的，根本比不上

冲绳的榕树
很像台湾的风景。

东南亚的度假饭店。再说，日本人的假期一般也都特别短，以三天两夜为标准。看看各类套装旅行的简介，多数只包括从东京到那霸的来回机票，以及一晚在度假饭店、一晚在那霸市内的住宿而已。这样子，能够在海滩上待的时间只有一个下午而已，谈不上什么度假。可是，日本最南部的冲绳，好不容易去一趟，三天两夜实在太短了吧？于是我们决定在度假村和那霸多住几个晚上，尽量享受难得的海边假日。

带着未满一岁的顽皮男孩出门，连坐车也算是大问题。从西郊的家到东京湾边的羽田机场，由火车到单轨车前后要换两次车，花一个半钟头也到不了，令人讨厌东京面积之大。幸亏日航班机一起飞，孩子马上熟睡了，想必是刚才在车上耗尽了精力。我在屏幕上看着飞行路程，恨不得一直飞下去到中国台湾，到中国香港，到马来西亚，到天涯海角！但是平生第一次做父母的，我们面对着顽童手足无措，容易沦落到仆人地位，暂时顾不上自己的欲望。

日本式度假饭店

附近只有卡车司机停车吃饭的小馆子，当然没什么假日气氛可说了。我也认为不该是这样子。看来，日本度假饭店是只适合于逗留一天的地方。

下了飞机坐一个钟头的小车，直接往恩纳村去。在偏僻的村庄设立的度假区，大规模饭店鳞次栉比，给人非常人工化的感觉。也难怪，在这儿连沙滩都是人造的。我们的房间在公路边，站在阳台上汽车的噪音很大。躲去房间里吧，总共四十五平方米的客房里放了张大床，剩下的空间没多少，尤其当孩子开始拍打气球玩耍之际。去海边吧，三月中旬的冲绳气温不高，才二十度左右，刮起风来冷飕飕的，不如到室内游泳池避寒。学校还没有放假，度假区看不到学龄儿童，室内游泳池让我们独占，本来可以说是优势，淡季的度假饭店却多多少少教人感到寂寞。看来，这家饭店的多数游客是从日本全国参加旅游团来的老年人。他们坐大型巴士傍晚抵达，排队去餐厅吃套餐以后直接回房间休息；第二天吃完早饭马上坐巴士往下一个目的地出发。真不愧为闻名于世的日本旅行团，匆匆忙忙得可以。什么海滩、游泳池，对高龄团员们来说只是遥远的背景而已。在大型巴士上嘴里吃着零食跟其他老人聊天，才是他们旅行的主要内容。

在巨大的度假饭店里，不属于团体的旅客，似乎只有我们和另一个小家庭，同样是推着婴儿车的年轻夫妻。我们跟他们，在餐厅、沙滩等地方经常碰面，自然搭起话来了。原来，他们也是老远从东京来，也一样没有想到早春的冲绳太冷不能洗海水浴。“我以为不是这样子的。”小朋友的妈妈叹了口气道。她指的不仅是度假饭店的状况，而且是育婴的日子本身。当代日本社会不存在保姆，也甚少有祖父母愿意照顾孙子女，结果育婴的责任全部得由父母直接负担。尤其是做母亲的一天二十四个小时都没有时间喘口气，即使到了度假区，还是得老看着小朋友，不能完全放松下来。这是日本的社会文化环境所致，个人的努力难以一下子改变。

老人旅游团出发以后，白天留在饭店里的旅客寥寥无几。到了中午，我发觉，只有一楼的咖啡厅在营业，其他餐厅则只专门供应晚餐。但是，才这么一家咖啡厅，刚才吃过早饭不在话下，其实前一晚抵达的时候也顺便吃了晚饭。怎么办？又要在同一个地方吃饭吗？不如到外边找别的地方吧。可是，度假村位于偏僻的地区。我们出了大门，推着婴儿车沿公路走了好久，附近只有卡车司机停车吃饭的小馆子，当然没什么假日气氛可说了。我也认为不该是这样子。看来，日本度假饭店是只适合于逗留一天的地方；傍晚抵达早晨离开，虽然不能好好利用各类设施，反而能保持美好的幻想。而且白天没有客人就能让工作人员休息。但这样子，还算是度假饭店吗？

没过几个钟头，又要解决吃饭问题了。饭店二楼有寿司店、天麸罗店、意大利餐厅，但都很高级，一看就不是带婴儿去的地方。何况每一家的个人平均消费都定为五千日圆（约合五十美元）；每晚都去荷包可是会大出血的。这时候，一个又一个老人旅行团从大型巴士上走下来，被导游分配到房间去卸下行李，马上在大厅里再集合，排队到各家餐厅吃饭去。一丝不乱得简直是支老人军。他们参加包三餐以及全部观光项目的旅行团，事先交好了费用，就没有任何事情得自己考虑了。相比之下，像我们这样选择了个人旅行，在日本度假饭店可得要面对一大堆问题。

大和人的内疚

果然，冲绳人至今把日本人叫做“大和人”以便跟自己人分别。想到这儿，我又不能不感到内疚。

几天后去那霸，终于能够在街上餐馆吃饭，而且是慕名许久的冲绳菜，真令人开心。冲绳菜既像中国菜又像日本菜。例如，在日本其他地方很少吃的苦瓜，冲绳人特别爱吃。还有丝瓜，日本其他地方人至今不知道它能吃，于是专门把瓜瓤晾干后用来擦洗身体，冲绳人却理所当然地跟肉片一同炒来吃。炒菜配米饭的吃法像中国，但也配味噌汤还是像日本。菜市场摆卖着五彩缤纷的热带鱼，犹如香港街市。猪肉也有卖带皮的，还有猪耳朵、猪头、猪脚等等，全是在东京看不到的货色。

首里城堡曾是独立王国琉球的宫廷，当时刚复原后不久，形式有点像北京故宫，规模却小得多，还是拿越南顺化的阮氏王朝王宫来比较更合适。附近长着很多榕树，风景仿佛台湾小镇。冲绳有别于日本其他地方（冲绳人叫做“大和”）的独自历史，近代以后却长期受中央政权的压迫，第二次世界大战末期更成为战场，使得多数老百姓丧命，后来又被美国占领多年，至今岛上到处都是美军基地，经常发生士兵暴虐当地居民的事件。如今日本人把冲绳当作“不需要带护照办签证的外国”，换句话说就是当作殖民地，而且还期待阳光沙滩提供的治疗效果，冷静想来不能不感到内疚。

我们在那霸投宿的是家庭式经营的一家饭店，据说东京许多名人到了那霸一定要住的。客房的设计中西合璧颇有味道，大厅里摆的红木桌椅则是香港皇后大道卖的那种（骗洋人的），到处展览的冲绳古董虽然有趣但是教带孩子的房客提心吊胆，假如孩子弄碎了怎么赔？总的来说难以放松。还是上街找个随便一点的地方好。幸亏冲绳有的是台湾人开的馆子，处处听得见闽南话的交谈。来自台湾的女店员抱着我儿子一直不放下，真是特别热情，跟礼貌冷淡的日本人很不一样。其实冲绳当地人也比东京人热情得多。我在那霸街上推着婴儿车，很多行人都指着小朋友说：“很可爱！很可爱！”乐器店门口摆着苦瓜形状的响葫芦卖，我觉得好玩给儿子买了一个，谁料到有位冲绳太太看见了小朋友手里拿着苦瓜边摇边舔就大喊起来：“很苦呢！怎么行！”

儿子一岁的生日，我们在饭店附设的冲绳式怀石料理店庆祝。小朋友在外地旅行了一个星期，恐怕太累了有点发烧。

我左手抱着他，用右手吃饭。为了这场合特意穿上的连衣裙，无法喂母乳不方便，只好回房间去换了。怀石料理店的厨师是饭店老板娘的儿子。他介绍菜肴的时候，我忽而发觉：很多冲绳人说的日语完全没有口音，标准得令人咋舌，跟大阪人、九州岛人等很不一样。冲绳人这方面的成就可不是自然来的。中央派来的老师指导日语很严酷，甚至曾经禁止当地孩子们在学校里讲方言，可以说是完全殖民地性质的压迫。果然，冲绳人至今把日本人叫做“大和人”以便跟自己人分别。想到这儿，我又不能不感到内疚。

猩猩的岛屿

在人生地不熟的异乡，尤其在水土不服的热带，小孩子病倒，做父母的能不担心吗？

在冲绳过了一岁生日的孩子，一年以后则在马来西亚婆罗洲过两岁生日。从东京成田机场每周有直接飞往沙巴州亚庇的班机，乃五个多钟头的旅程。虽然比冲绳远，但是比夏威夷稍近，而且婆罗洲有野生猩猩。我们所住的饭店后边就有保育区，每天在固定的时间可以观察好几只猩猩从山区下来吃香蕉的场面。

婆罗洲北部直到二十世纪中期都是个英国殖民地，至今来这里度假的游客以英国人为主。他们一来就至少待三四个星期，白天在游泳池边躺下来看书，黄昏之前到沙滩上散步遥望美丽的夕阳。饭店的设备和服务都针对着长期逗留的英国人。不必说，整体气氛跟日本度假区很不一样，总的来说教人放松。在餐厅吃饭的费用也便宜得多；吃一顿饭用不着十块美金。房间很大，床也很大，打开落地玻璃门直接可到外边去。阳台上有木质躺椅，院子里的热带树木花草都非常大。前边就是游泳池，连附滑梯的儿童池都有，再走远一点便到海边。可以说是理想的度假地了。再说，马来西亚通英语，婆罗洲的华人也很多，到处看得见汉字招牌，普通话的通用度亦相当高；我觉得很自在。

位于赤道，当然很热。但是，泡在水里觉得非常舒服。加上每天下午一定下一场大雨，雨过后气温明显下降。到了晚上特别适合于到外面活动。在游泳池边的露天餐厅吃马来西亚风味烧烤沙嗲很不错。好久没有这样放松过了。长期忌讳带孩子出远门，可是听说过了两岁生日坐飞机要买全票，因而匆匆定了为期一周的度假游。只要去的时候还没到两岁，大部分费用都免除的。儿子差不多有十五公斤了，来回十个钟头的飞程，我一路上抱着他觉得很重。尽管如此，与其买全票，当然倒不如忍耐点辛苦了。

该说好事多磨吗？每天在游泳池、沙滩上尽情玩耍，也吃了许多异国风味，几天后儿子发高烧拉肚子。在人生地不熟的异乡，尤其在水土不服的热带，小孩子病倒，做父母的能不担心吗？深夜坐饭店的车子去密林里的诊所，墙上挂的不是熟悉的红十字，而是伊斯兰教徒的红新月，我一时相当紧张。然而，一进去，内部环境果然很卫生，穆斯林医生护士都彬彬有礼，泰然自若地诊察以后用英语向我解释道："不要紧，只是太累了而已，吃药休息就会好。"我对马来西亚以及伊斯兰教徒的评价一下子提高了很多。而且不知为何在那儿看病是免费的。到了第二天，饭店诊所的大夫也可以帮儿子诊察。那还是个讲普通话的华人医生。说的内容跟前一晚的马来医生一样。不过，用两种语言听了两次，心里会踏实一倍。在婆罗洲的最后一个晚上就是儿子两岁的生日。他已经退烧，有了精神，只是还没胃口罢了。在饭店二楼的音乐吧里，乐队特地为他演奏《生日快乐》歌，小朋友特别高兴，用马来语道谢。第二天回到了成田机场，儿子直接走到小卖部要我买鲔鱼三明治，当场就大口大口地吃掉了。对他来说，鲔鱼三明治是故乡的味道。

马沙台风

台湾

三代同行

常常听我们讲台湾如何如何地好，公公婆婆也逐渐产生了浓厚的兴趣。我们决定举家去台湾一趟。那时公公七十岁、婆婆六十七岁、儿子七岁、女儿三岁八个月。

台湾我去过很多次。最初是一九八〇年代，还没解严之前到台北的单独旅行；跟中国大陆大为不同的街景和人情给我留下了深刻的印象。然后是一九九〇年代，第一次总统选举以及海峡危机前后的采访之行；居民已撤退的马祖岛空荡荡，我没地方吃晚饭，结果在当地派出所被请客，跟讲福州话的警察们一起吃了羊肉锅。进入二十一世纪，又为了宣传新书，和老公一起带着两个孩子，推着婴儿车访问过台北几次，顺便旅游了台东、宜兰等可爱的东部地区。但是万万没想到，会有一天我也带领公公婆婆，总共三代六个人一同周游宝岛，而且就在那一次遇上（至少对我们来讲）空前严重的台风。我一辈子也不会忘记，她的名字叫马沙。

我们家经常谈到台湾。一来台湾是我们夫妻定情的地方，欢乐浪漫的记忆挺多的。二来家里常有朋友带凤梨酥、乌龙茶来作客，孩子们也认识好几位台湾叔叔、阿姨。三来台湾确实有很多东西令人怀念，例如：朴素的温泉、可口的乌鱼子、热情的人们。常常听我们讲台湾如何如何地好，公公婆婆也逐渐产生了浓厚的兴趣。二〇〇五年夏天，正逢公公古稀大寿之际，作为纪念，我们决定举家去台湾一趟。那时公公七十岁、婆婆六十七岁、儿子七岁、女儿三岁八个月。

在日本，我们家住东京，公公婆婆则住关西，若要在成田或关西机场集合的话，时间经费都嫌浪费，不如干脆在台北机场见面。两个老人家平生第一次单独坐国际班机，心里肯定会很紧张。为了事先安排好后续一切旅程，以便尽量使他们放心，我们四个人提前一天抵达台北，在捷运北投站对面的中信饭店订了房；那里的大套房以前住过一次，空间很大，地方幽静，我们都很喜欢，并且能容纳六个人。

第二天下午，公公婆婆到了台北，老公一个人去机场接他们回饭店。婆婆对设备先进、环境干净的捷运车站印象相当好。歇歇腿后马上出去，目的地是捷运终点的淡水。一下车就坐观光渡轮，往河口欣赏夕阳去，顺便在码头餐厅叫了几道海鲜。蚵仔、海虾，都很新鲜加上分量好大，使两位老人家拍手叫好。我们也特地点了炒高丽菜，不知为何，台湾的高丽菜比日本的好吃很多。另外，婆婆特别喜欢胡椒味道的台式炒饭。

跟出版社同仁（前排左二）
真没想到会有一天带全家老小来台湾。

翌日上午，我们去离住所不远的新北投温泉。在露天的公共浴池穿着泳衣泡汤，孩子们还以为到了游泳池，拿着水枪嬉闹起来，被一位台湾老先生训诫了一下。他也和公公用日语交谈，洗完澡出来以后，更带我们去参观地热谷和温泉博物馆。公公婆婆对老一辈台湾人的热心肠，一定印象很深刻。跟老先生告别后，我们自己去车站旁边的小馆子吃面当午饭，公公特别喜欢排骨面。我替婆婆和孩子们点的阳春面则没什么内容，该说是我的错了。顺路参观原住民博物馆以后回饭店休息。两房两大厅的套房，特别适合于三代人同住。

我们家每个人都对台湾温泉情有独钟，经商量决定，晚饭要在温泉餐厅吃。傍晚出去搭捷运到石牌，转坐出租车去山里的温泉区。这里乡下气氛非常浓厚，跟新北投的摩登气派不一样，用木头盖的露天澡堂很朴素有味道。我们一天内第二次泡汤，这次要彻底洗刷身体了。出来后到餐厅，点了九层塔炖土鸡、烤鳗鱼、银丝卷等台菜，孩子们被阳明山特产的山药冰淇淋迷住了。

第四天，上午就退房，拉着行李箱到捷运古亭站附近的出版社拜访。出版社人员都为妙龄女生，两个日本老人家觉得特别新鲜。在附近的江浙餐厅吃午饭的时候，外面已经开始下大雨。总编辑告诉我是台风来了。“那可怎么办？”我问。“躲在饭店里就没事了。”她说。

台风来了

雨越下越大，风也越刮越大。一阵一阵的大雨，撑了雨伞根本都不可能挡住的。我在最前头一边走，一边找有屋顶的地方……

我们六个人坐下午一点四十分离开台北的莒光号往罗东，目的地是位于冬山河边的“国立传统艺术中心”。之前我们四个人来过一次宜兰县，对礁溪的温泉、苏澳的冷泉、宜兰的鱼丸米粉、南方澳的海鲜都有非常好的印象。这次为了带公公婆婆一同来，在网络上找合适的住宿，我发现在罗东刚开张不久的“国立传统艺术中心”里面有古厝建筑的福泰冬山厝，设计风格颇为独特。

曾经有个宜兰朋友告诉我：“从台北坐火车，由隧道出来看见东岸大海的感觉，简直就跟川端康成写的《雪国》开头一样。‘经过国境的长隧道，出来看见的就是雪国了。’虽然我的故乡不是飘雪的北方而是亚热带的海岛，但也一样位于长隧道那边，坐很长时间的火车才能抵达。”两年前第一次来宜兰的时候，我一直往窗户外看着，离铁路轨道不远的地方就看见白色浪头翻涌的海滩。在前方海面上，在蓝色天空下面，看得见绿色的龟山岛，乃当地一则浪漫传说的背景。一个一个小火车站都很淳朴可爱。我多么想在每个站下车，到海滩去发呆片刻，然后在附近找小旅社过夜，那样慢慢旅游好久好久。兰阳平原真讨人喜欢。可是，这一天，坐在火车上望大海，视野内完全模糊，什么也看不见。雨越下越大，风也越刮越大。我心里担忧：台风的大雨，即使撑雨伞都很难挡住了。本来打算给公公婆婆介绍关于龟山岛的故事，但是既然看不见，就不说了。

还没下车之前，我就拿出大塑料袋子，把每个行李箱都包起来，以免弄湿里面的衣服。“一出罗东车站就会有出租车，坐车过去就没事了。”我跟家人说。可是，风雨非常大，没上出租车之前，我们浑身都被雨淋得湿透了。根据在网络上取得的介绍单，坐十五分钟的车便抵达“国立传统艺术中心”，福泰冬山厝就在大门内。当司机把车停在大门外的时候，我心情几近绝望。“这么大雨天，怎么让我们拉着行李箱走过去呀！”我抗议。但是，司机说没办法开进去，门卫也说只好走进去。我们得在大门外下车，撑着雨伞，拉着皮箱冒雨走。

雨越下越大，风也越刮越大。一阵一阵的大雨，撑了雨伞根本都不可能挡住的。我在最前头一边走，一边找有屋顶的地方，沿着大楼绕路走了十来分钟，终于到达接待处。谁料到福泰冬山厝的柜台人员板着脸，一点都没有欢迎远道来客的样子。反而告诉我：“台风来了，我们今天要提早下班，明天传艺不开门。其他客人都来电取消订房了。刮台风的时候来这儿也没什么可玩的了。”但是，我们从国外来，取消了预约就没地方住了。“你们可以住。但是，最好早一点去买面包什么的。否则明天早晨就没有东西吃了。”显而易见，我们三代六个日本人老远来到台湾宜兰，在冬山河边的“国立传统艺术中心”遇难，正在面对生存危机。

我们到客房放下了行李，又冒着大雨赶忙去隔壁园区的传统小吃坊。本来供应许多种小吃的地方，这时为了提早下班，一半的柜台工作人员已经走了，其他柜台也正在收拾快要关门的样子。我匆匆跑了几个柜台买饺子、萝卜糕、炒面等几样食品送过去，让家人不管三七二十一先填饱肚子。可是，还没吃完之前，整个地方要熄灯了，使得我又赶紧去小卖部买好几个面包和零食，以备真正遇险的明天。我心中特别紧张，但是在两个老人家和两个小孩子面前不方便表露出来。“不要紧的。今晚早点休息，明天一起来就没事了。遇到意想不到的情况，也算是旅游的乐趣之一呢。”我装作若无其事地跟他们说。

福泰冬山厝围绕池塘盖着许多栋传统小屋子。我们四口人住的地方像个古昔的农家，有两房一厅，房间得脱鞋上去，虽然整体面积不大，但是住起来够舒服而且有味道。公公婆婆住的是现代式的双人房，普普通通。老人家、孩子们去休息以后，我和老公打开电视机。台湾全岛显然处于紧急状态。据报导，这附近发生了山崩，居民已开始撤离。往玻璃窗外边看，每一棵树都被风吹得跟跳迪斯科舞一般，假如被吹倒也一点都不奇怪。如此大的风，我在日本和其他国家都从来没有经历过。在亚热带海岛台湾，台风威力之大，原来到这地步的。幸亏，新建的仿古农家盖得够结实，我们在里面并没有感觉到迫切的危险。尽管如此，被关在小屋子里，还是感觉犹如漂流于波浪间的落叶，无依无靠。

罗东宜兰

兰阳平原的绿色风景特别美丽。在河流里看见有鱼跳跃，问问是什么鱼？船夫回答说是乌鱼。会是乌鱼子的父亲还是母亲呢？

到了翌日早晨，风稍微小了，但是仍然在下雨。接待处还没有人。我之前不知道，在台湾一刮台风就全民放假，包括饭店工作人员在内。只有一个工人提着工具箱巡查住宿区的里外，看有没有出什么事。他告诉我们："今天园区不开门，餐厅也全休息。"我们在日本从来没听说过由于台风不上班这种事。还好有昨天买的面包和饼干，要不然真的得在台湾"国立公园"遇险挨饿了。这几天儿子太忙没有好好做功课，今天趁机会叫他念点书也好。小妹妹则忙于观察在屋里桌子上爬行的蚂蚁，是她前晚没有好好收拾巧克力所引来的。小朋友在日本从没看过家中出现挥之不去的蚂蚁，觉得非常新鲜。对老人家来说，这也倒成了很好的休闲时间，否则每天在大热天下跑来跑去也会累坏身体。刮了台风气温下降十来度，觉得很凉快。看电视报导，马沙台风已经在慢慢离开宝岛，台湾南部地区开始有阳光了，估计宜兰县的天气到了下午也会转晴。

雨小了，我和孩子们在池塘边喂鱼。那个工人走过来问我午餐怎么办。我反问他有什么办法，他说可以打电话去问问罗东市内有餐厅营业没有。他真有办法，帮我们订好了市内的祥瑞度小月餐厅，也叫好了出租车。台风正在远离，街上还没有多少人。规模挺大的度小月餐厅开了门但是没有客人，我们光临他们很高兴，特别热情地推荐各样宜兰名菜。例如：糕渣、肝花、鸭赏等，在旅游指南书上也有介绍，尝一尝果然样样都蛮好吃。正逢道家的中元普渡节日，餐厅门外摆的桌子上有丰富的供品。我问老板供给谁？他看着左右小心翼翼地回答说：好兄弟们。

接着我们坐车去市内的孔庙拜拜，也顺路到河边的茶艺馆坐坐。刮了台风，学校公司都休息，全体台湾忽然放假，有些人就举家出来在茶艺馆聊天、下棋、打扑克牌，气氛热闹非凡。跟我以往在台北去过的文艺茶馆如紫藤庐很不一样。加上台风的危险刚过去，大家共同松口气，有种喜庆的感觉。公公婆婆对台湾功夫茶挺感兴趣，孩子们则喜欢喝珍珠奶茶。因马沙台风整整一天捏了一把冷汗，我这时也才放松了下来。

兰阳平原风景

到台湾的第六天，也就是在“国立传统艺术中心”的第三天，我们终于能够参观园区的展览和表演了。在精致仿古的小巷两边，各种商店、工作坊鳞次栉比。这儿是买礼品的好地方。在书店，关于台湾传统艺术的资料也颇为丰富。孩子们买孙悟空的傀儡，也在露天舞台观看布袋戏的演出，虽然不懂台语，但是仍然能享受，挺开心的。对于布袋戏的抗日场面，他们也不在乎。

接着，我们六个人从码头乘电动小船过冬山河去亲水公园。兰阳平原的绿色风景特别美丽。在河流里看见有鱼跳跃，问问是什么鱼？船夫回答说是乌鱼。会是乌鱼子的父亲还是母亲呢？台风过去了一天，台湾又热得在发烧。这时候，亲水公园特别适合于老少游客去玩。两个小朋友在喷水池里随着音乐跳舞，也走过“水门”隧道，高兴极了。

下午我们离开难忘的罗东冬山河转往礁溪的温泉旅馆住。这家旅馆的木造浴池，在日本出版的台湾温泉指南书上有很漂亮的照片刊登。所以，我心中期待的是高级旅馆。没想到，没过几年工夫已经变旧了。再说，六个人住和式大房间，条件大不如之前住的两家饭店。为什么台湾饭店的和式房间一般都这么小，而且被褥也特别薄呢？

晚上出去，在礁溪街头寻找两年前曾去过的一家韩国烤肉店。我们深深记着那里的老板和男女工作人员都好热情，抱着我儿女介绍给其他客人。当年两个小孩分别为一岁和五岁，晚上都穿棉布和服“浴衣”，人们一看就知道他们是日本人，似乎加倍疼爱。这次老公特地把当年拍的照片带来了，本来要送给老板，以便彼此叙旧。很可惜，找来找去，那家烤肉店就是找不到，恐怕已经关门了。

隔两年重访宜兰，看见台湾社会新陈代谢之快令我吃惊。早两年，礁溪温泉的饭店很多都以亲子游客为对象，到处都是水流滑梯之类，家庭气氛特别浓厚，价钱也很合理；这次倒出现了许多针对于单身女士的高级度假饭店，多数提供跟东南亚度假区一样的 SPA 服务，并且采取日本那样的“一泊二食”方式，价钱昂贵得使我们住不起。不过，想想礁溪温泉有追溯到日治时代的历史，解严之前也曾是黄春明在《莎哟娜拉・再见》里描绘的红灯区，大概社会的演变才是历史的常规吧。

第七天，一早就坐电车从礁溪去苏澳冷泉。我们四口子两年前来这里洗过一次就爱上了它。意大利风格的设计非常优雅，冷冷起泡的泉水则特别舒服。未料公公婆婆说，他们踩池底的圆石会痛。儿子爱喝瓶装的冷泉汽水，小妹妹要学哥哥但是不会喝哭了起来。大人们就不能不喝啤酒，顺便也坐在池边吃一人一根台湾香肠，儿子爱得要死至少非吃两根不可。小卖部也有卖“黑轮”，听起来跟日语的“殴店”（关东煮）颇像，看起来也很像，但是吃起来就不同，教我感到不可思议。味道不错，蛮好吃的。

从那儿搭小车去“看海的日子”之背景南方澳，先参拜南天宫的金妈祖、玉妈祖，数不清的妈祖。匾额是李登辉写的“岛国慈航”四个字。一楼靠马路的地方摆着椅子，有很多老人坐着聊天，我问其中一位：“我们是日本人，想吃海鲜，您能推荐哪家吗？”老先生一口答应，带领我们去海边一家馆子，也帮我们叫菜。鱿鱼啦、虾啦、黑鲔啦，又做刺身，又做汤，总共六个人吃得饱饱的。结果价钱惊人地划算，不知到底是妈祖保佑的缘故，还是那位老先生的介绍见了效。在南天宫对面的汽车站等着回礁溪的公交车，坐在旁边下棋的先生说，他儿子跟日本人结婚，现住在名古屋。在台湾，始终感觉日本很近。

第八天，我们吃完早饭就走五分钟的路，到公营的温泉游泳池去了。这儿也是我们第二次来访礁溪的理由之一。宜兰的温泉水感觉很柔软，跟新北投、阳明山的水又不同，泡起来特别舒服，仰身浮在水里看蓝天，感觉真是极乐世界。不过，这温泉游泳池也跟两年前不一样了；大概是为了避紫外线来保护皮肤的吧，游泳池的一半给黑纱幕盖住了。在温泉水里游泳仍然特别舒服，只是蓝天小了一半，教人觉得有点可惜。我们回饭店收拾行李，顺路在小商店买宜兰土特产鸭赏和水果酒。上车之前也特地去池上便当店买了闻名的便当一人一份。从开往台北的莒光号，这次能清楚地看见绿色的龟山岛。边赏风景边吃美味，跟前几天冒着台风过来时候的心情，多么不一样！

再见台湾！

> 谁会想到，将近十年之后，我们竟然带着两个老人家和两个小孩，全家六口人一起重访龙山寺。在我心中有很多很多话要告诉观音菩萨。

回到台北住进忠孝东路上的饭店。晚上有个当地朋友请我们吃上海菜。二十年前，她曾是来东京念高中的台湾留学生，我当过她的日文家庭教师。那位陈小姐后来在日本大学毕业，远赴英国获得了硕士学位，最后回台北继承了父亲创办的学校当校长。她到底是当地人，晓得哪家餐馆的菜好吃。当晚吃的小笼包赛过所谓名店的。有当地人招待，公公婆婆很高兴，满脸笑容。搭出租车回饭店，下车后两个老人家和两个小朋友手拉手去附近的便利店买糖果。这是来台湾一个多星期，他们第一次离开了我陪同的单独行动。

第九天，离开台北之前，有个地方我们非去不可，那儿就是龙山寺。一九九六年的春节前夕，我和老公刚认识还不到一个月，就双双来龙山寺拜拜，一起抽签算命商定了未来。谁会想到，将近十年之后，我们竟然带着两个老人家和两个小孩，全家六口人一起重访龙山寺。在我心中有很多很多话要告诉观音菩萨。

捷运开通后，到龙山寺方便多了。在门边唱卡拉 OK 的老人则变少了。里面还是跟以往一样热闹华丽。台湾寺庙有南方海洋气质，很开朗，很宽容，很放松，我非常喜欢。儿子在小卖部看上了水晶雕刻的龙，价钱不菲，我当然不给他买。公公婆婆觉得孙儿可怜，买个带狮子的钥匙链给他。儿子仍然继续哭到机场。在候机大厅，分开往不同的柜台走之前，两个老人家又给他买了带龙的钥匙链。这回儿子才开心地笑，挥手告别爷爷奶奶了。

图书在版编目 (CIP) 数据

独立，从一个人旅行开始 /(日) 新井一二三著 .
— 上海：上海译文出版社，2011.4（2020.1 重印）
ISBN 978-7-5327-5324-6

Ⅰ . ①独 … Ⅱ . ①新 … Ⅲ . ①散文 — 作品集 — 日本 —
现代Ⅳ .I313.65

中国版本图书馆 CIP 数据核字 (2011) 第 007442 号

本书简体中文版由台湾大田出版有限公司授权

图字：09-2010-338 号

独立，从一个人旅行开始

［日］新井一二三 著
责任编辑 / 刘宇婷　　装帧设计 / 邵旻

上海译文出版社有限公司出版、发行
网址：www.yiwen.com.cn
200001 上海福建中路 193 号
杭州宏雅印刷有限公司印刷

开本 787×1092　1/32　印张 7.5　插页 6　字数 81,000
2011 年 4 月第 1 版　　2020 年 1 月第 12 次印刷
印数 :72,001-74,000 册

ISBN 978-7-5327-5324-6/I・3077
定价：38.00 元

本书如有严重质量问题，请与承印厂质量科联系。T:0571-88855633